ELENA:
INSTANTES DE FELICIDAD

ExLibric

SOLEDAD SOUSA COLCHÓN
SOFÍA PRIMO RUIZ

ELENA:
INSTANTES DE FELICIDAD

EXLIBRIC
ANTEQUERA 2022

ELENA: INSTANTES DE FELICIDAD

Diseño de portada: Dpto. de Diseño Gráfico Exlibric

Iª edición

Editado por: ExLibric
c/ Cueva de Viera, 2, Local 3
Centro Negocios CADI
29200 Antequera (Málaga)
Teléfono: 952 70 60 04
Fax: 952 84 55 03
Correo electrónico: exlibric@exlibric.com
Internet: www.exlibric.com

ISBN: 978-84-19269-97-3
Depósito Legal: MA 1441-2022

Nota de la editorial: ExLibric pertenece a Innovación y Cualificación S. L.

SOLEDAD SOUSA COLCHÓN
SOFÍA PRIMO RUIZ

ELENA:
INSTANTES DE FELICIDAD

A mis padres,
que forjaron la persona que soy.

Agradecimientos de Soledad Sousa

Aunque ellos ya no estén conmigo, tengo que dedicar este libro a los padres más asombrosos del mundo: ¡los míos! Puede que existan algunos iguales, pero nunca mejores.

Doy las gracias por la familia tan maravillosa que me ha tocado en esta vida. No solo mis padres fueron asombrosos, sino que me dieron a las dos hermanas más maravillosas con las que pude soñar.

Siento que he sido una persona bendecida, por la familia, ya que también he tenido unos primos a los que adoro y con los que pasé grandes momentos y grandes «instantes de felicidad».

Tengo que agradecer a mi hijo y a mi marido el apoyo incondicional que me han ofrecido y darles las gracias por animarme a cumplir mi sueño.

Me reitero en el agradecimiento a mi hijo, ya que sin él no habría comenzado, y a mi prima, pues sin sus correcciones y su narrativa no habría terminado este gran proyecto que siempre estuvo en mi mente.

Agradecimientos de Sofía Primo

Mis agradecimientos son para Soledad, por confiar en mí y darme la oportunidad de ayudarla a que esta novela, llena de sentimientos, salga a la luz.

Agradezco el apoyo que siempre me da mi familia, que me sigue animando día a día para que siga con mi pasión. Desde los ocho años soñé con ser escritora y doy gracias por haberme quitado los miedos y la vergüenza y haberme lanzado en esta aventura que es la escritura.

Esta historia ha sido creada por mi prima Sole. Yo la he ayudado a narrarla y darle forma, pero ella ha sido la mente sabia que ha creado esta gran novela.

Introducción

Cada día pasan por la mente de las personas miles de preguntas y pensamientos; muchos de ellos no tienen respuesta, ya que cada uno percibe las cosas de una manera.

Muchos nos preguntamos cuál es el sentido de la vida, cómo ser felices o, incluso, qué es la felicidad. La respuesta técnica a esta última pregunta sería: «La felicidad es el estado emocional de una persona feliz; es la sensación de bienestar y realización que experimentamos cuando alcanzamos nuestras metas, deseos y propósitos; es un momento duradero de satisfacción, donde no hay necesidades que apremien ni sufrimientos que atormenten».

Visto así parece algo muy sencillo, solo tenemos que conseguir cumplir nuestras metas en la vida o buscar cosas que nos hagan sentir bien. Pero si es algo tan sencillo, ¿cómo puede ser a la vez algo tan efímero?

En esta novela podremos conocer la vida de Elena desde un punto de vista biográfico, en la que nuestra protagonista se centra en la felicidad, el sufrimiento y la perseverancia, luchando contra las adversidades y los reveses que nos da la vida y que todos debemos afrontar. En el caso de nuestra querida Elena, debe luchar contra las complicaciones que todos debemos afrontar en el día a día y contra su propio cuerpo, ya que desarrolló una enfermedad autoinmune llamada fibromialgia. Ella nos enseñará desde su perspectiva las conclusiones a las que va llegando a medida que se hace mayor y a ver las dos caras de la moneda, porque la vida, al igual que las monedas, se compone de dos caras, como la noche y el día. Hay momentos buenos y momentos malos, pero con constancia y lucha siempre vuelve a salir el sol.

Por eso Elena llegó a la conclusión de que la felicidad se compone de instantes, pequeños momentos en los que una situación o una persona nos hace sentir completos, llenos de felicidad, cuando se dibuja una sonrisa en nuestro rostro o cuando desde lo más profundo de nuestro ser escapa una carcajada sincera.

Nos sumergiremos en los pensamientos y momentos vividos por Elena y sus familiares para poder conocer desde su punto de vista cómo es la vida y cómo fueron sus «instantes de felicidad», la lucha contra su propio cuerpo y mente.

La vida de Elena poco a poco se fue haciendo más complicada, ya que cuando aún era muy joven tuvo unos problemas de salud que los médicos no sabían cómo denominar. Al principio pensaban que era ansiedad, estrés o que simplemente quería llamar la atención. Seguramente, estas palabras le resultaran bastante familiares a todo el que ha pasado por algún problema de salud importante.

Una de las primeras enfermedades que le diagnosticaron, aunque tarde, fue fibromialgia. La respuesta sencilla a qué es esta enfermedad sería que la fibromialgia «es una afección crónica que causa dolor en todo el cuerpo, fatiga y otros síntomas. Las personas con fibromialgia pueden ser más sensibles al dolor que aquellas que no la tienen. Esto se conoce como "percepción anormal del dolor"». Pero la verdad es que no es algo tan sencillo.

Hay que tener en cuenta que es una enfermedad autoinmune y degenerativa, lo que significa que tu propio sistema inmune, en lugar de protegerte, te ataca, te considera su enemigo. Al ser degenerativa, irás perdiendo salud poco a poco y la peor parte es que este tipo de enfermedades desencadenan en otras. Elena a lo largo de su vida tuvo que pasar por quirófano varias veces, luchar contra un cáncer de mama y poco a poco fue desarrollando múltiples enfermedades y problemas generales en su cuerpo. Sus cuerdas vocales se fueron dañando y por eso Elena intenta explicar su historia, su lucha y, sobre todo, su perseverancia a través de estas palabras.

Elena tuvo la gran suerte de tener el apoyo incondicional de su familia. Sus padres, mientras pudieron, cuidaron de ella y nunca dejaron que le faltara un plato de comida, ni a su marido e hijo, ya que había días en que ella no podía ni cocinar.

Si eres una persona que está sufriendo en este momento, nunca olvides que con empeño el sol siempre vuelve a salir.

Hay días que tu mente quiere hacer mil cosas, pero tu cuerpo no es capaz de levantarse de la cama. Hay temporadas en las que parece que solo vives tu vida como un observador desde tu cama o desde el hospital, viendo cómo los demás crecen, se desarrollan y viven sus vidas.

Algunos de los momentos más duros fueron cuando Elena tuvo a su hijo Carlos y veía que su cuerpo no la dejaba ser igual que el resto de las madres; el dolor que sentía hacía que su corazón se encogiera, cuando lo único que quería era correr en el parque con él. Tenía que luchar cada día contra la depresión que provoca la propia enfermedad y contra el sentimiento de culpa por no poder estar al pie de cañón como ella deseaba. Pero por muchas complicaciones que le pusiera la vida o su propio cuerpo, jamás tiró la toalla, sabía que el mejor ejemplo que le podía dar a su hijo era sonreír y seguir hacia delante como fuera, aunque a veces no podía conseguirlo, sobre todo cuando tenía migraña. Para que su hijo no la viera así, le decía a Carlos que bajara a casa de sus abuelos, que vivían en el mismo edificio, y jugara con su abuelo; este también lo llevaba muchas veces al colegio, así que cada vez que las fuerzas le fallaban pensaba en él.

Si estás viviendo un mal momento o estás luchando contra alguna enfermedad, no compares ni dejes que nadie compare tu sufrimiento con el de otros o que le quiera quitar importancia. Cada uno vive la vida como mejor puede y no es una competición.

Recuerda, es muy fácil caerse y más difícil levantarse. A veces fracasamos y tenemos que volver a comenzar. Muchas veces en nuestra mente tenemos claro nuestro camino, pero después se tuerce.

Sentir que no consigues tus metas, sentirte impotente ante las injusticias. Todas esas cosas nos hacen sentir que el mundo está en nuestra contra, que arrastramos un mal karma o que no hemos sido suficientemente buenas personas y ese es nuestro castigo. Pero no es nada cierto. En realidad es la vida, que nos está enseñando a ser más sabios y pacientes.

Así que pase lo que pase, nunca tires la toalla, aprende de las situaciones vividas, quédate con las enseñanzas y deja atrás el dolor. Quédate con los «instantes de felicidad» que vivas.

Y sobre todo nunca olvides que atraemos a nuestra vida lo que irradiamos, así que pase lo que pase mantén el amor en tu corazón y en tu cabeza. La bondad, la felicidad y la alegría son lo que transmitirás a los demás, así como lo que atraerás para ti.

Recuerda que la única forma de cambiar el mundo es empezar a cambiarlo uno mismo. Si tú le regalas una sonrisa a alguien triste o enfadado, ya le estás alegrando el día. Un «buenos días», un «gracias», un «por favor» parecen simples palabras, pero tienen un gran poder.

La única forma de que las cosas mejoren es que todos pongamos nuestro granito de arena, pero si tenemos que esperar a que sean los demás los que lo pongan primero, moriremos antes de que pueda suceder algún cambio.

Nuestras palabras y nuestros actos pueden tener el mismo efecto que el aleteo de una mariposa, la cual con el movimiento de sus pequeñas y hermosas alas puede desencadenar una serie de acontecimientos que terminen creando un terremoto.

Así que recuerda mover tus alas en el sentido correcto, ya que puedes desencadenar un desastre o hacer que el mundo sea más luminoso y hermoso.

Recogemos lo que cultivamos. Nuestros hijos y nietos serán las generaciones futuras que vengan y vivirán en el mundo que nosotros les dejemos, así que hay que pensar cada día en qué es lo que deseamos para ellos.

Y si deseas que te traten con delicadeza y con amor, tienes que tratar tú así a los demás, hasta a tus enemigos, ya que la persona que te trate mal no lo hará con malicia, lo hará de esa forma porque nadie le enseñó cómo actuar, nadie le enseñó a sonreír o, simplemente, nadie le tendió la mano cuando la necesitaba.

Desde aquí quiere animar a todas las personas que sufren una enfermedad, sobre todo las denominadas invisibles, ya que suelen ser menos conocidas y entendidas. Es muy importante que no se sientan culpables, pues hay quienes piensan que estas personas son vagas, y nada más lejos de la realidad.

Tienen que animarse a salir a la calle cuando tengan fuerzas y distraerse, estar en la cama lo menos posible y que las tareas que antes hacían de una vez, ahora las hagan en tres o cuatro veces, siempre respetando el tiempo que su cuerpo les pida y descansando cuando les haga falta sin sentirse mal por eso, aunque sean tareas mínimas. Y sobre todo que no les afecte lo que opinen los demás y que hablen con sus familias para ser entendidos. Si es necesario que acudan juntos al médico para que les pueda explicar la situación que vive la persona enferma y cuál puede ser el progreso y lo que necesita, esto les será de gran ayuda.

1

Un caluroso día de verano del año 2015 fue cuando Elena comenzó a plantearse si la felicidad era permanente o si se trataba, más bien, de un estado mental intermitente.

Elena se encontraba en una terraza cercana al paseo marítimo de Barcelona, cómodamente sentada ante un delicioso café con leche. Notaba los agradables olores del verano y escuchaba las risas de los niños. Parecía un día espléndido para disfrutar de las agradables horas de las vacaciones de verano. Pero su mente en ese momento no conseguía disfrutar de las distracciones y los momentos relajados de sus vacaciones. Por algún motivo, ese día su mente no paraba de pensar en qué es la felicidad, de qué se compone o cómo uno puede ser feliz.

Era un día en el que la mayoría de las personas se podían permitir el lujo de olvidar las prisas impuestas por la rutina y el quehacer cotidiano, libres de las responsabilidades laborales, de los jefes y, sobre todo, del despertador, que te obliga a saltar de la cama en el mejor de tus sueños.

Tal día soleado, observó que la gente parecía muy contenta, con tiempo más que suficiente para dedicarlo a la familia, a los amigos y a las ilusiones, así como a las pequeñas cosas, relegadas a un segundo plano durante el resto del año.

Las personas aparentaban ser completamente dichosas, o por lo menos mucho más que ella, cosa que le resultaba bastante curioso, si tenemos en cuenta que las estadísticas afirman que en las épocas estivales se disparan los divorcios.

Sin embargo, aquella apreciación distaba mucho de la realidad, pues la felicidad completa no es permanente.

Esto era algo que Elena, después de mucho darle vueltas, podía afirmar sin temor a equivocarse. Según todas las experiencias vividas, llegó a la conclusión de que solo existen «instantes de felicidad».

2

Elena necesitaba distraer su mente, así que salió a pasear. Mientras lo hacía, observaba con interés a las personas que paseaban riendo, a los niños que corrían y saltaban en el parque y a unos chicos que jugaban al voleibol en la playa repleta de gente. Todo el mundo parecía disfrutar del verano, del sol y de las vacaciones. Sin duda, ver a aquella gente tan feliz y relajada le sacaba una sonrisa.

Cuando llegó a casa y prendió la televisión, observó que la mayoría de los canales retransmitían programas especiales en los que solo se hablaba de la operación salida y de los beneficios económicos que el turismo traería a la ciudad.

Todas estas situaciones, el buen tiempo y no tener que preocuparse de las obligaciones tendrían que hacer sentir feliz a cualquiera, pero sin embargo Elena no conseguía liberarse de su propio infierno, el cual estaba viviendo porque su mente no podía dejar de revivir esos momentos de felicidad que había vivido con Víctor, la persona de la que se había divorciado unos meses atrás.

Sin poder impedirlo, ya que su mente parecía solo querer traicionarla, durante ese verano no paraba de revivir recuerdos del pasado, como un mal programa que emiten en mitad de la noche una y otra vez sin parar.

Todos esos recuerdos de Víctor, de su familia, de su niñez y de su propia salud, que era bastante complicada, hicieron que poco a poco aflorara esa pequeña niña que aún vivía en lo más íntimo de su ser. Se apoderó de ella otra vez ese carácter reservado, tímido, generoso y demasiado intranquilo, como cuando era una niña pequeña, aunque una vez que se sentía segura, se extendía totalmente de forma genuina y confiada.

Con todo lo que le estaba pasando, Elena cada vez estaba más segura de que cuando peor nos sentimos, más fácilmente es caer en un pozo y encerrarnos en nosotros mismos. Por mucho que hiciera cosas que un tiempo atrás le produjeron momentos de felicidad o placer, en ese momento ni siquiera esas cosas conseguían sacarle una sonrisa sincera o hacerla vivir un instante de felicidad.

Estaba viviendo la parte oscura de la vida, solo le quedaba la esperanza de que en algún momento la moneda volvería a girar y podría vivir de nuevo sus preciados «instantes de felicidad».

3

Elena de pequeña era muy formal y obediente. Muchas personas la veían como una persona seria y no creían que fuera muy simpática, pero simplemente ella necesitaba su tiempo para sentir confianza y soltarse. Además ella pensaba, sin que nadie se lo dijera, que debía proteger a sus hermanas, así que sentía que tenía que ser responsable y madura.

Elena tenía dos hermanas, Ana, la más alegre y revoltosa de las tres, y Alicia, la más dulce, tranquila y dócil, con las que era un poco traviesa.

Como la tristeza la estaba invadiendo, Elena decidió coger un álbum familiar de fotos para recordar buenos momentos vividos junto a sus hermanas.

Todo esto la transportó a aquel día en el que tuvo la ocurrencia de gastarle a su hermana una broma, se colocó unas medias en la cabeza, pensando que eso le hacía tener una cara muy divertida, y así llamó a su hermana Alicia y le dijo:

—¡Alicia, corre, ven! ¡Tengo unas medias puestas, mira…!

Alicia, movida por su curiosidad infantil, corrió hacia la habitación y nada más verla, se asustó tanto que comenzó a gritar y a llorar.

Sus padres, Isabel y Manuel, alarmados por el escándalo, se asomaron a la puerta y al comprobar lo que había hecho Elena la riñeron, pero esta fue incapaz de contenerse. Elena no paraba de reír al ver la cara de su hermana, aun sabiendo que no había otra cosa que molestase más a su padre y que este no tolerase que el hecho de que se riera mientras él le reñía. Intentaba no reírse, pero no podía evitarlo. Efectivamente, Manuel se dirigió derechito hacia ella con la intención de darle una torta en el trasero, torta que al final interceptó Ana por meterse en medio. Por suerte, fue tan floja como sacudir el polvo.

A decir verdad, este tipo de bromas no eran del todo bien recibidas por los demás. Elena reconocía que eran de mal gusto y luego se sentía culpable.

Tristemente, la culpa la acompañó el resto de su vida.

4

La primera vez que su padre le dio una torta tenía apenas cinco años, aunque esto ocurrió solo dos veces en toda su vida. Su padre estaba hablando tranquilamente con un familiar cuando Elena, impaciente, se cansó de esperar y cruzó la carretera, llevándose una torta y la consabida advertencia de su padre de que no volviera a hacerlo y, para más inri, culminada con un: «¡Se lo diré a mamá…!».

Elena se asustó, porque su madre acababa de dar a luz a su hermana Alicia y aunque no sabía las consecuencias físicas del posparto, tenía muy claro que no debía ser molestada.

Su temor no era tanto por que su madre le pegara, sino más bien por la forma, la expresión que adquiría su rostro cuando la reprendía muy seria y levantando el dedo índice. Elena prefería más una bofetada que ver la cara de enfado de su madre.

De todos modos, los niños olvidan pronto al no comprender en su inocencia el alcance de sus acciones, así que hubo una segunda vez, cuando estaba cerca de cumplir los ocho años.

Su padre, de profesión panadero, se encontraba durmiendo la siesta. Las niñas jugaban alborotadas en la habitación contigua. Su madre les había pedido varias veces, con cariño, que bajaran la voz para que su padre pudiera descansar.

Elena, consciente de ello, les decía a sus hermanas que pararan, pero ellas no le hacían caso. Como consecuencia, Manuel se levantó de mal humor y volvió a sacudir en el trasero a Elena, que contestó enfadada:

—Papá, no soy yo, son ellas, que no paran ni me hacen caso…

A lo que su padre le respondió:

—Sí, pero tú eres la mayor.

A pesar de su corta edad, sintió que aquel trato no era justo.

Desde entonces y aunque su padre jamás volvió a darle ninguna torta, tomó la decisión, sin saber cómo, de ser como sus padres y los demás decían que era, una niña responsable en quien confiar; incluso en el colegio y con los amigos, a los que ayudaba siempre que la necesitaban.

Esa actitud diferente produjo la aceptación de familiares, amigos y profesores.

5

Volviendo a las perrerías de Elena, le encantaba bromear, sobre todo con Alicia. Un día tuvo la brillante idea de hacer creer a su hermana que no era hija de sus padres y que la habían recogido de la calle. Elena remató la broma con un:

—¡¿A que sí, papá?!

Y este contestó sonriendo:

—Sí, hija, eres adoptada.

A lo que su madre respondió rápidamente:

—¡No le digáis eso a la niña, que al final se lo va a creer!

Pero ellos seguían riendo.

Elena nunca sospechó el daño que la broma reiterada le había causado a su hermana. Ya adultas, en una conversación en principio intrascendente, Alicia desveló su gran secreto de la infancia:

—¡¿Por qué crees que de niña era tan buena y callada?!

—Pues no lo sé, suponía que era tu carácter —respondió sin darle importancia.

—¡No! —le dijo Alicia con un profundo dolor—. Era porque tenía miedo de que me echarais de casa, ¡me había creído que no era hija de nuestros padres!

Elena, al experimentar la magnitud de los sentimientos de su hermana, le pidió perdón y lloró arrepentida. Nunca imaginó que aquella broma tuviera el potencial de hacerle tanto daño, no solo en el pasado, sino también ahora en su presente. En ese momento se dio cuenta del gran impacto que pueden tener las palabras en las personas. Por todo esto, se sintió muy culpable, y la culpa la acompañó también el resto de su vida.

Fue así como comprendió que este tipo de bromas no se le pueden hacer a una niña. A veces, simplemente hacemos cosas sin pensar en el daño que podemos causarle a la otra persona. Pero a esas edades no somos conscientes de las consecuencias de nuestros actos.

Dejando de lado aquellos hechos aislados, Elena disfrutó de una niñez feliz con amigas dentro y fuera del colegio, en el que estaba muy bien considerada y donde gozó de muchos «instantes de felicidad».

Siempre las elegían a ella y a sus hermanas para las obras de teatro o cualquier otro evento, estaban muy bien consideradas. Pese a ello, siempre le fue muy difícil mantener a raya sus miedos, que afloraban con intensidad. No eran más que inseguridades inculcadas tal vez por sus padres, sobre todo por su madre, a la que adoraba.

Aquello de «¡cuidado!, no hagas, no digas…» se lo repitió hasta la saciedad con la mejor de las intenciones, eso pensó años más tarde, pero en ese momento no entendía por qué se lo repetía tantas veces. Cuando fue adulta entendió que la estaba educando.

De adulta aprendió que el mundo es muy diferente. Cuando somos niños nuestra perspectiva dista mucho de la realidad, cuando nos volvemos adolescentes sentimos que todo el mundo y todo lo que nos rodea está en nuestra contra y que cualquier cosa que nos pasa es un gran drama. Hasta que no crecemos y maduramos nuestra mente no es capaz de percibir las cosas de forma más clara. Por eso mientras Elena observaba las fotos de su familia, iba dándose cuenta mejor de todas las cosas que ellos hicieron por ella y no vio en su momento, de que todas las enseñanzas de sus padres siempre fueron desde el corazón, que todos los padres enseñan a sus hijos de la forma que consideran más correcta, ya que solo desean lo mejor para sus hijos, y ahora reconoce que le enseñaron buenos valores.

6

Conociendo a Isabel

Su madre, Isabel, a los setenta y nueve años desarrolló una de las enfermedades más devastadoras que existen, el alzhéimer.

Poco a poco Isabel se fue apagando como una vela, algo que fue muy duro para su marido, para Elena y sus hermanas.

Cuando tenía momentos de lucidez, ella misma sufría mucho porque era consciente de que cada vez recordaba menos, que cada vez le costaba más reconocer a su familia.

Esta horrible enfermedad también fue arrolladora para todos sus familiares y amigos. Su sobrino mayor, Jesús, al que ella ayudó a traer al mundo y a quien quería muchísimo, cada vez iba a visitarla menos, pues se entristecía mucho y quería recordarla con la vitalidad que ella siempre había tenido.

A los ochenta y cinco años, Isabel ya se había perdido por completo en su mente... Por desgracia tuvo que vivir el fallecimiento de su querido esposo ese mismo año, entre momentos de lucidez y de confusión total, sin saber a veces si su querido Manuel seguía con ella...

A veces preguntaba por él y cuando se le explicaba lo pasaba muy mal y ponía cara de sorpresa, así que las hijas decidieron decirle que había salido para que no se llevara ese mal rato, aunque se le pasaba enseguida, pero en el momento lo sufría.

Elena sentía un dolor y una tristeza muy profundos, pues su madre ya no era su madre... Atrás quedaron sus buenos consejos y su refugio, ya que siempre estaba a su lado en los peores momentos.

Isabel falleció en 2017, así que en dos años se quedaron sin padres. De un plumazo, Elena había perdido a sus dos padres, sentía un gran vacío en el corazón, sabía que su refugio nunca volvería a ser el mismo. Todos los días intentaba mantener los hermosos recuerdos de su madre en su mente, ya que fue una mujer ejemplar, luchadora y sabia.

Isabel era una mujer muy alegre, sabía bailar y cantaba de maravilla. Elena recordaba cuando su padre le decía: «Anda, Isabel, cántame algo». Acto seguido, ella le cantaba con amor, mirándolo a los ojos. En esos momentos, como si de magia se tratase, su hogar se inundaba de amor mientras Isabel y Manuel se miraban, sin darse cuenta de que había tres cabecitas observando con los ojos muy abiertos y grandes sonrisas el amor que ambos se profesaban.

Pero ahí no se terminaban las cualidades de Isabel. Era una mujer que sabía hacer de todo: en casa nunca entró ninguna persona para arreglar algún desperfecto, ella arreglaba cualquier avería; aprendió viendo cómo lo hacía su padre. También era ella quien pintaba el piso y ponía las inyecciones a toda la familia, y además cosía de maravilla. Todo eso la convertía en el alma de la casa.

Era muy habilidosa, capaz de hacerte desde un traje de flamenca a, básicamente, cualquier tipo de prenda. Ella misma confeccionó su vestido de novia y los trajes de comunión de sus hijas. Para ello, se quedaba cosiendo hasta altas horas de la noche.

Era una mujer muy trabajadora, llena de vitalidad y energía que llevaba su casa perfectamente. Es más, Elena nunca necesitó en su hogar a ni un solo fontanero o electricista, y menos aún a un pintor de brocha gorda. Era algo curioso, ya que en esos tiempos esos trabajos los solían llevar a cabo los hombres y a su propio marido se le daban fatal, aunque una vez Isabel comenzó a envejecer, él tuvo que aprender a desenvolverse.

Además de encargarse del hogar, Isabel acudía a otras casas a peinar. A Elena le encantaba acompañar a su madre en esas ocasiones. Aquel era, sin duda, uno de sus «instantes de felicidad» favoritos, aunque la que más veces acompaña a Isabel era Ana.

Elena desconocía las ilusiones y anhelos de su madre como mujer. Pero por casualidad, en una conversación trivial, se enteró de que a ella le hubiera gustado ser enfermera, pero el abuelo no quiso que se fuera sola a estudiar a Sevilla. En aquella época, la educación de las mujeres consistía en prepararse para casarse, tener los hijos que Dios quisiera y saber llevar una casa.

La madre de Isabel, que no compartía la opinión y la autoridad machista de entonces, le insistió al marido en que pusiera un negocio para ellas, dándoles así la posibilidad de convertirse en mujeres independientes, con un futuro más prometedor y diferente, en el que pudieran elegir con mayor libertad su destino. En fin, aquellos proyectos jamás se realizaron. Isabel se resignó a su destino, ya que no le quedaba más remedio, y continuó con su vida sin un ápice de rencor.

7

De repente, Elena se dio cuenta de que su café se había enfriado. Su incursión en el pasado la había absorbido de tal forma que la realidad de su presente parecía un sueño.

Dejo el álbum en su sitio y fue a la cocina a prepararse un nuevo café, pero notó que ya era muy tarde, el hermoso sol empezaba a retirarse, así que decidió irse a descansar.

Mientras descansaba, los recuerdos volvieron a inundar su mente. El calor de la habitación hacía que recordara las tardes de verano con su padre durmiendo a pierna suelta, mientras las tres hermanas se lo pasaban en grande jugando. ¡Qué maravillosos «instantes de felicidad»!

Y no digamos cuando su padre se iba a trabajar a las dos y media de la mañana y ella se pasaba inmediatamente a la cama de sus padres, por su naturaleza miedosa, pues así se sentía protegida y muy a gusto al lado de su madre. Eso le producía otro gran instante de felicidad.

Elena se movía de forma algo agitada en su cama, pues los recuerdos de su infancia no paraban de colarse en sus sueños.

Su madre siempre le decía que era muy «padrera» por cómo esperaba a su padre sentada en una sillita y cómo echaba a correr cuando lo veía llegar por la mañana del trabajo.

Sus padres le decían que era una pizpireta y que con solo dos años no paraba de hablar repitiendo todo lo que escuchaba alto y claro, por lo que una vez dijo una palabrota. Su padre solía hacer gala de este tipo de vocabulario, aunque jamás insultó a su mujer ni a sus hijas; sin embargo, a su madre no le gustaban tales expresiones, por lo que señalándola con aquel dedo índice, la advirtió:

—Que sea la primera y última vez que dices eso, ¿¡te has enterado bien!?

Después sus padres se dieron la vuelta intentado no reírse delante de Elena, ya que la palabra que había soltado era más grande que ella misma, y ya se sabe que si se te escapa la risa delante de un niño…

A Elena nunca le terminó de gustar esa forma que tenía de regañarlas, aunque nunca la juzgó, entendía que cada padre enseña a sus hijos de la forma que ellos consideran más adecuada, pero siempre sintió que tendría que haber usado otro método.

8

Después de una larga noche de muchos sueños lúcidos, Elena se despertó algo cansada; entre el calor del verano y su mente decidida a revivir todo, el agotamiento era notable. Se levantó como pudo con la ayuda de su hijo y se tomó sus medicaciones.

Carlos había visto el día anterior a su madre mirando antiguas fotos, así que con la curiosidad innata de los niños le pidió que le hablara un poco más de la tita Pepa, una tía de Elena que siempre fue una gran mujer y se desvivió por todos sus familiares, convirtiéndose en una madre para todos. Cuidaba de sus cuatro hermanas, sus sobrinos e incluso de los hijos de ellos, por lo que se convirtió para todos sus familiares en la tita Pepa, hasta hoy en día; sus sobrinos nietos saben de ella y la conocen por ese nombre. Será una persona que permanecerá en los corazones y recuerdos de los que están aquí y de los que vendrán.

Fue una mujer a la que nunca le faltó una sonrisa en el rostro, nunca dudó en tender su mano al que lo necesitara. Alegre, trabajadora y hermosa, nunca le faltaron pretendientes, pero —sus razones tendría— jamás se casó. Era algo que nadie entendía, aunque alguno de sus sobrinos nietos consideran que nunca se casó porque siempre quiso estar para la familia. No fue madre biológica, pero fue madre de multitud de hijos e hijas; ella siempre se acordaba de los cumpleaños de todos y de los nacimientos.

A Carlos le encantaba escuchar historias de la tita Pepa. Elena empezó a recordar con una gran sonrisa en el rostro cuando nació su hermana Alicia, y no pudo resistir contarle a su hijo la historia de sus hermanas.

La noche que nació Alicia hacía mucho frío, era finales de diciembre de 1965. Su tía Pepa la estaba ayudando a ponerse un cálido pijama cuando de repente se escuchó al padre de Elena gritar desde la calle:

—¡Josefa! —La llamaba así cuando bromeaban—. ¡Otra niña!

Manuel siempre quiso que su primogénita fuera una niña y su ilusión se hizo realidad con el nacimiento de Elena. Por supuesto, el segundo tenía que ser un niño, pero nació Ana. «A la tercera va la vencida», pensaba Manuel, y se encontró con Alicia, que de todos modos fue recibida por su parte con la mayor de las alegrías.

Elena, pletórica de felicidad, quería ir a toda costa al hospital, pero su padre la convenció para posponerlo al día siguiente. Ana, por ser aún muy pequeña, tendría que quedarse con los abuelos.

Cuando Elena vio aquella cosita tan perfecta, disfrutó de otro instante de felicidad. Todo su afán consistía en que su hermana abriera los ojos, no entendía por qué los tenía casi siempre cerrados. Su curiosidad innata, que la acompañó el resto de su vida, la indujo a preguntárselo a su madre, quien le respondió que no los abría porque era muy pequeñita, solo tenía unas pocas horas de vida.

A la bebé le pusieron el nombre de Alicia, rompiendo con la tradición de imponer los nombres de los familiares más allegados, como en el caso de Elena, que llevaba el nombre de la tía de Manuel porque lo había criado de pequeño. El de Ana también fue decisión de su padre, que quiso ponerle el nombre de su abuela paterna. La tercera, por supuesto, se llamaría Josefa, como la madre de Isabel, pero dado que el nombre no les gustaba, sus padres escribieron varios en unos papelitos y le dijeron a Elena que eligiera uno al azar, y salió el ideal. Gracias a ello, ahora tenían en casa a su particular Alicia del país de las maravillas, ¿de dónde si no?

Aunque es común llamar a los hijos con nombres de familiares, hay psicólogos que aseguran que no es una decisión adecuada, porque se obliga a los hijos a ocupar el lugar del otro. Un nombre tiene siempre una historia y es posible que esa persona se identifique con el destino de ese nombre. Según esto, Isabel acertó con Alicia, pero no con sus otras dos hijas.

9

Las tres hermanas fueron a un colegio de monjas, en el que gozaban de buena reputación por ser niñas formales y bien educadas, a las que siempre elegían para hacer obras de teatro y recitar versos a la Virgen María en el mes de mayo, mes también elegido para la primera comunión de Elena.

Con siete años, le dijeron que ese sería el mejor día de su vida. A su corta edad pensó que no, que sería el día que se casara, cosa que por cierto no fue así, pues hubo un poco de tirantez.

Recordaba lo contenta que estaba el día de su primera comunión con su precioso traje, gracias a su madre, que se pasó muchas noches cosiendo.

Ya en la iglesia, adornada con flores, a pesar de no comprender la trascendencia espiritual del sacramento de la eucaristía, Elena sentía una ilusión especial. Y no digamos nada en la posterior gran fiesta, una merienda cena con toda su familia y sus amigos. Ese día experimentó otro maravilloso instante de felicidad.

Elena tenía buenas amigas en el edificio donde vivía. Una de sus amigas era Inma, la cual vivía en la zona donde los abuelos de Elena. Inma tenía una piscina e invitaba a Elena con frecuencia y se divertían de lo lindo nadando; a veces también iba Ana. A Elena le gustaba que fuera Ana porque disfrutaban mucho las tres juntas, pero no le gustaba cuando jugaban en la calle porque no se sentía libre ni segura. Allí experimentó lindos «instantes de felicidad», pues era una familia muy agradable.

La casa de esta amiga estaba un poco más alejada de la suya, por lo que iba a almorzar a casa de sus abuelos y allí, con su tía Pepa, pasaba buenos ratos hablando. Otro instante de felicidad.

A Elena le encantaba pasar tiempo con sus abuelos y con su tía —su preferida—, a la que quería, aunque, lógicamente, sus padres ocuparan el primer lugar.

Tenía dos tías más. Estaba su tía Consuelo, a quien también quería mucho, pero su tía Pepa era… ¡especial! Esta tía se fue con su marido e hijos a Alemania, lo que ocasionó bastante sufrimiento a la familia, especialmente a Elena, que echaba de menos a sus primos y siempre esperaba impaciente las vacaciones de verano para reunirse con ellos: más «instantes de felicidad».

Su otra tía también vivía con los abuelos, pero con ella apenas entabló relación. Tenía un carácter tosco y, de todos los sobrinos, a la que más quería era a su sobrina Ana, prima de Elena.

Elena no imaginaba lo que luego harían sus padres.

Respecto a Inma, la amistad continuó hasta que Elena se mudó a Barcelona. Esta distancia geográfica enfrió la amistad, aunque no del todo, pues se siguen viendo cada vez que Elena va a Utrera, su ciudad natal.

Otra amiga de aquella etapa era Pilar, con la cual, después de cuarenta y ocho años, aún conserva su amistad. Su madre la dejaba pasar más tiempo con ella que con otros amigos, pues Pilar vivía en la planta de abajo. Elena era muy obediente y respetaba siempre la hora de regreso.

A veces también bajaba su hermana Ana a jugar, pero otras, Elena prefería que no bajara, pues ya no gozaba de libertad al tener que cuidarla.

Uno de esos días en los que consideraba a Ana una molestia para sus juegos, la sujetó por la cara y le dijo que se fuera a casa.

Esa imagen la tenía aún grabada en su alma. Se arrepintió mucho y cuando fue mayor le pidió perdón. Ana le dijo que no se acordaba de nada, pero Elena, a sus cincuenta y cuatro años, no podía olvidarlo y otra vez la culpabilidad la devoraba.

Por suerte, hubo más «instantes de felicidad», como, por ejemplo, las mañanas en las que su abuelo materno las llevaba al colegio. De camino, entraban en la panadería para ver a su padre, que, en algunas ocasiones, las sorprendía con un pastel especial hecho para ellas.

Durante el trayecto, el abuelo les contaba anécdotas e historias. Las tres hermanas lo adoraban y Elena lo acompañaba siempre que podía.

10

Su abuelo, que fue un hombre muy trabajador, logró amasar una pequeña fortuna siendo propietario de una venta, ubicada en las afueras del pueblo.

Durante la guerra civil española, nunca le faltó comida; es más, fue una de las primeras personas en tener coche con chófer.

Sin embargo, sus recursos se vieron mermados paulatinamente, no solo a consecuencia del conflicto bélico, sino también por la cuantiosa suma de dinero que invirtió en la salud de su hija Isabel, a la que, con tan solo seis años, le detectaron un tumor en la cadera.

Además de todo esto, el abuelo de Elena malvendió su casa y se puso a trabajar de corredor de pisos, lo que hoy en día llaman agente inmobiliario, dedicado a la venta de propiedades.

Elena lo acompañaba en las visitas previas y, posteriormente, a enseñar los pisos a los futuros compradores, y eso le generaba otros «instantes de felicidad».

El tratamiento al que tuvieron que someter a Isabel resultó muy costoso y doloroso, ya que su padre le ponía dos inyecciones diarias. La peor, la que le ocasionaba un mayor sufrimiento, sin duda, era la de yodo. Isabel decía que le dolía horrores y recordaba como su madre, después de la inyección, la paseaba en brazos mientras ella lloraba desconsolada.

El médico les dijo a sus padres que como estaba en la edad de crecimiento, solo había dos opciones: ponerle yeso, toda una novedad en el año 36 que no se sabía si era efectiva, o sentarla en un cochecito con una bolsa con peso en la pierna afectada.

Los padres, desconocedores de qué terapia sería la más adecuada e invadidos por un mar de dudas, optaron por el peso, ya que a la hija del médico, que había padecido lo mismo, la habían tratado de ese modo. Por otro lado, pensaron que el yeso, al ser una novedad y estar en una etapa de experimentación, no sería tan efectivo.

A consecuencia de esta enfermedad, a Isabel le quedó una pequeña cojera que no la limitaba lo más mínimo. Llevaba zapatos de tacón de aguja y bailaba con pasión, sobre todo en la feria, con su traje de gitana taconeando sin parar.

Su cojera no era la típica que la forzaba a caminar de lado, pero la traumatizó el resto de su vida. Tanto sus padres como, posteriormente, sus hijas sufrieron a causa de esta circunstancia irremediable. Elena pronto fue consciente del sufrimiento de su madre, pues siempre había alguna mala persona que se burlaba de su pequeña cojera.

Reflexionando sobre este hecho, consideró que a los hijos hay que enseñarles a respetarse tanto a sí mismos como a los demás. Enseñarles desde su más tierna infancia que cada persona es diferente y única, que hoy la que sufre es ella, pero mañana puedes ser tú o, peor aún, alguien muy querido para ti, algo que, por cierto, le puede suceder a cualquiera.

Además, este tipo de heridas —al fin y al cabo, psicológicas— pueden tardar años en cicatrizar. Este fue el caso de Isabel, pues el trauma le duró toda su vida, aunque, gracias a Dios, esto sucede menos hoy en día. Por lo tanto, eduquemos mentes sanas y fuertes, eduquemos de forma positiva, enseñemos empatía, dejemos un mundo mejor a las próximas generaciones.

Elena se sentía mal por su madre y siempre quiso protegerla. Cada vez que oía algún chiste sobre el tema, Elena se ponía tensa. Esto era algo que les empezó a suceder cuando llegaron a Barcelona, o por lo menos fue en ese momento cuando Elena, con sus doce años, empezó a darse cuenta, pues en Utrera no lo recordaba; al contrario, allí su madre era una persona querida y respetada, aunque se burlaban de ella cuando era pequeña.

Elena pasó el día junto a su hijo Carlos, recordando cosas del pasado y contándole buenas anécdotas, ya que los recuerdos dolorosos prefería quedárselos para ella.

11

Conociendo a Manuel

El padre de Elena tuvo una vida bastante dura, ya que la pérdida lo acompañó desde demasiado pequeño.

Con solo quince meses su madre falleció, por lo cual Manuel fue a vivir con su tía paterna Elena, de ahí el nombre de la protagonista de esta historia.

Su tía y su marido fueron unos grandes padres para Manuel, lo colmaban con todos los mimos y caprichos del mundo, incluso le regalaban cosas que no necesitaba o no había pedido; ellos no tenían hijos propios y como disfrutaban de buena economía no les preocupaba gastar de más.

No les preocupaba el futuro, ya que sabían que a Manuel no le faltaría de nada, pues él heredaría la panadería de su padre y la que ellos mismos tenían. O al menos eso pensaban ellos, pero jamás imaginaron cómo iban a girar las tornas del destino...

Manuel iba al colegio Salesianos de Utrera, pero no le gustaba mucho estudiar, por lo cual en más de una ocasión se escapaba para ir a jugar con sus amigos. Sus tíos sabían que eso no estaba bien, pero no podían evitar perdonarlo y seguir mimándolo, ya que lo querían como si fuera su propio hijo y les hacía muy feliz poder cuidar de él. Pero aunque lo consentían mucho, también le enseñaban a ser bueno con los demás y a ser generoso.

Un día de Reyes, tuvo los mejores regalos. Manuel recordaba con gran ilusión que uno de los regalos fue un caballo de cartón; se ve que era la última novedad de esa época. Ese mismo día los visitó un amigo de la familia que trabajaba con ellos en la panadería, fue con su hijo a felicitarles el año nuevo. El niño se llevó una gran sorpresa al ver tantos regalos, mientras que a él no le habían traído nada los Reyes. Al ver la carita del niño, su tía, que tenía un gran corazón, le dijo:

—Manuel, ¿qué te parece si le damos los regalos a tu amigo y mañana vamos nosotros y compramos los mismos para ti?

Manuel, también con un gran corazón, el cual mantuvo el resto de su vida, miró al niño y supo que debía darle sus regalos, ya que él podía permitirse ir a comprarlos de nuevo, sabía que había que ayudar a los demás. Al principio, el padre del niño no quería aceptar los regalos, puesto que eran de Manuel, pero este le insistió. Para Manuel no hubo mejor regalo de Reyes que la gran carita de felicidad con la que se fue ese niño de su casa. Tanto el padre como el hijo se marcharon muy agradecidos y sorprendidos por el gran corazón que tenía toda la familia.

Todo parecía que en su vida marchaba a la perfección, nada hacía pensar en el tormento que estaba por venir.

Los catorce años de Manuel fue una edad muy crítica, ya que su tía falleció y, solo dos meses después, su tío también. Por ello se vio obligado a irse a vivir con su padre biológico, el cual se había desentendido de él.

Manuel se encontró en un hogar donde no era deseado, viendo como su padre se había vuelto a casar con una mujer mucho más joven que él. Esta mujer, con la energía y fuerza de la juventud, se hizo cargo del negocio familiar, consiguiendo ser la que mandaba y dejando a su marido casi fuera de él.

Por eso el padre de Manuel lo convenció para que firmara unos papeles que le permitirían quedarse con la panadería de su hermana, la cual había heredado Manuel después del fallecimiento de ambos. En ese momento, teniendo solo catorce años, con la ingenuidad de la edad y el dolor en el corazón por la pérdida de los que habían sido sus padres para él, aceptó y firmó los documentos, pensando que en ese momento era lo mejor para la familia y que así su madrastra lo aceptaría.

Su padre y su mujer tuvieron tres hijos, dos mujeres y un varón, pero ni después de convertirse en madre se le ablandó el corazón hacia Manuel, nunca lo trató con cariño ni amor.

Manuel hacía todo lo que podía por intentar estar bien en esa casa, cosa que se hacía muy difícil, ya que su madrastra se encargaba de que así fuera: le dejaba bien claro que él no era su hijo, le daba la peor comida y las peores ropas.

Su padre lo defendió muchas veces, le decía que ese era su hijo y que ella lo sabía antes de casarse. Tuvieron muchas discusiones a causa de ello, hasta que un día ella dijo que dormía con un cuchillo porque su marido le había dado una bofetada defendiendo a Manuel, cosa que Elena no justifica, pero ese comportamiento era muy normal en aquellos años. Desde entonces su padre se acobardó.

Como era una persona con grandes valores y grandes enseñanzas, empezó a trabajar en la panadería de su padre muy poco después de llegar a su casa, así que con solo catorce años se encontraba trabajando.

Su tía Elena, siempre muy previsora, había comprado muchísimas cosas para el día que Manuel fuera mayor y se casara, para que no le faltara de nada en su nuevo hogar, desde los artículos domésticos hasta joyería y muebles; incluso le compró un hermoso anillo con un brillante para que pudiera regalárselo a su futura esposa. Pero su madrastra se lo quitó todo y lo guardó para sus hijos. Lo único que le entregó de la herencia que le había dejado su «madre» fue un par de míseras toallas y el anillo.

Con el tiempo la panadería de su padre empezó a ir muy mal, ya que su esposa sacaba dinero de la caja... Así que debido a la situación, vendieron la panadería de Elena y no le dieron nada a él.

La relación en el núcleo familiar era horrible. Con el tiempo, su padre y su mujer no se aguantaban y la cosa llegó a tal punto que la hija pequeña del matrimonio, la única que era diferente y trataba bien a Manuel, se cansó, se marchó de casa y nunca más volvieron a saber de ella.

Después de que Manuel completara el servicio militar, volvió y comenzó a trabajar nuevamente en la panadería para ayudar a que las cosas se recuperaran, hasta que un día se encontró todas sus cosas en la puerta de la calle.

Por suerte, una amiga de su novia, Isabel, la que después se convirtió en su amada esposa, le ofreció una habitación en su casa y él empezó a trabajar por cuenta ajena, desvinculándose de su familia paterna.

12

Elena siempre fue una persona muy familiar y aún hoy sigue siendo así. Siempre le gustó pasar todo el tiempo posible con su familia, con su hijo y con su marido.

Tiene grandes recuerdos con sus primos antes de que se marcharan a vivir a Alemania. Algunos de sus «instantes de felicidad» favoritos fueron de niños, cuando cuidaban de ella y la defendían, como el día que unos niños corrían detrás de ella para asustarla y así reírse un rato. Lo que ellos no se esperaban era que Elena iba a encontrarse a su primo Vicente jugando al futbolín con sus amigos. Este no se lo tuvo que pensar ni un segundo y salió inmediatamente a enfrentarse a los abusones, los cuales echaron a correr como si los persiguiera el mismísimo diablo. Esto generó un gran instante de felicidad, ya que Elena se sentía muy agradecida a Vicente por dejar lo que estaba haciendo para defenderla sin pensárselo ni un momento.

Antiguamente, los chicos iban a un colegio y las chicas a otro, no dejaban que estudiaran juntos. Un día dio la casualidad de que la clase de Elena y la de su primo José Manuel fueron de excursión al mismo lugar. En cuanto Elena lo vio, fue corriendo a abrazarlo. A las monjas esto no les gustó y fueron a regañarla, pero otra les dijo que no pasaba nada, que eran primos, así que los dejaron pasar un rato juntos. Ese día vivió muchos «instantes de felicidad».

En aquel colegio fue muy feliz. Sus padres inculcaron a sus hijas los buenos valores, como el respeto, la justicia, la educación y el agradecimiento, entre otros.

El mes de mayo era especial para ella. El recuerdo de esas flores y olores la llenaba de alegría. Era el mes en que preparaban los ensayos con sus compañeras, y eso le creaba «instantes de felicidad».

En una ocasión tuvo que recitar un poema a la Virgen. Cuando llegó la hora, no quería hacerlo, sintió mucha vergüenza cuando fue consciente de que tenía que recitarlo en público, pero Elena no sabía decir «no», cosa que fue un gran problema para ella a lo largo de su vida. Como era «la niña buena», la que no podía decepcionar a nadie, cuando llegó el día en que todos estaban de fiesta, ella con el mejor vestido, salió temblorosa al escenario.

Siempre vestía muy bien, y sus hermanas también, gracias al gran esfuerzo de su madre, que les hacía toda la ropa. La gente pensaba que su padre, Manuel, debía ganar mucho dinero, ya que parecía que vestían con ropas caras, pero todo era gracias a las habilidades de Isabel y su esfuerzo.

Elena solo tenía ocho o nueve años el día del recital, así que cuando salió al escenario y vio toda la capilla llena, con sus padres, familiares y amigos, se puso muy nerviosa, pero como sus padres le enseñaron, levantó la cabeza y recitó el poema. Mientras lo hacía, todo su cuerpo temblaba interiormente y, al intentar no mostrar su nerviosismo, terminó llorando mientras lo recitaba.

Cuando terminó el evento, todos los asistentes la felicitaron porque creían que había llorado de emoción al recitar el poema a la Virgen María. Elena no se atrevió a contar la verdad, no quería decepcionar a nadie, y callar la verdad la hizo sentir culpable.

A final de curso le dieron la banda de piedad por «generosa, altruista y empatizar con los demás». No supo decir «no», pues sabía que se sentiría culpable, otra vez. El sentido de culpa fue algo que la siguió acompañando toda su vida.

No es fácil eliminar las cargas sentimentales que nos creamos en la infancia, terminan siendo como piedras que cargamos en nuestra espalda, por eso Elena siempre intenta que su hijo Carlos tenga una autoestima buena, para que no le pase como a ella.

13

El calor del verano apretaba mucho, así que Elena prendió el aire acondicionado y se preparó un té bien frío. Parecía que su mente necesitaba rememorar sus «instantes de felicidad», cosa que la estaba ayudando a superar la gran tristeza que tenía dentro de su corazón por el divorcio. Así que, después de darle muchas vueltas en su cabeza, pensó que la ayudaría seguir rememorando y escribir sus recuerdos, tanto los buenos como los malos, ya que de ellos aprendemos; la única forma de no volver a caer en los errores es aprendiendo de ellos.

Se sentó frente a su ordenador y con las manos temblorosas, sin saber muy bien qué hacer o qué escribir, empezó a teclear. Al principio solo eran frases sueltas, pero poco a poco le fue dando forma a sus recuerdos.

No sabía muy bien por dónde empezar, no buscaba escribir una biografía o compartir sus recuerdos con nadie, solo buscaba un poco de alivio, que su mente pudiera frenar y relajarse, ya que durante los últimos días no parecía que pudiera bajar del carrusel de sus recuerdos.

Empezó a escribir sobre el momento en que su vida dio un gran giro de 180 grados. Tenía doce años cuando esto sucedió. En ese momento se dio cuenta de que quería muchísimo a su madre y se unieron mucho. Además de madre e hija, eran grandes amigas; ya no temía a su dedo índice.

En casa, el dinero llegaba justo hasta final de mes. El trabajo iba muy justo, las cosas en Utrera no iban muy bien y mucha gente estaba marchándose fuera a buscar mejores oportunidades de trabajo.

Conocían a varias personas que se habían trasladado a Barcelona, unas amigas y su tío Manolo. Entre todos intentaban convencer a sus padres de trasladarse a Barcelona, ya que había mucho trabajo y estaban seguros de que Manuel enseguida encontraría una panadería en la que trabajar, e Isabel, una peluquería.

Elena en esa época fue la que más discusiones vio entre sus padres, pues su padre no quería irse a Barcelona y su madre, en cambio, prefería arriesgarse, y es que estaba cansada de tanto sacrificio para llegar a final de mes. Su padre insistía en no ir porque habían dicho que iban a abrir una cooperativa y las cosas cambiarían, pero las amigas le insistían. Elena recordaba como una vez su madre le preguntó sobre qué pensaba de mudarse, y ella en ese momento creía que podía ser algo bueno, era una gran novedad.

Cuando Elena fue adulta pensó que si ella hubiera dicho que no quería irse, se habrían quedado allí, pues la vida no les fue mejor en Barcelona, y volvió a sentirse culpable, aunque a la vez pensaba que no lo era; al fin y al cabo, solo tenía doce años.

Mientras escribía en su ordenador, Elena pensaba con mucha melancolía en su tierra natal, Utrera, la que siempre ha llevado dentro de su corazón. Allí vivió grandes «instantes de felicidad», aunque solo permaneció en aquella tierra hasta los doce años, tiempo que siempre recuerda con mucho cariño. Sueña con volver algún día a vivir allí, y no es que no le guste Barcelona, es que Utrera es un lugar especial y único.

Jamás olvidará cuando era la feria y su madre les hacía los vestidos de faralaes, o cuando en Semana Santa, todos los Domingos de Ramos ellas estrenaban ropa, una costumbre muy arraigada allí. A su hermana Ana no le gustaba mucho la Semana Santa.

14

Llegaron a Barcelona en 1973. Se fueron a vivir a casa de una amiga que unos años antes se había marchado a Barcelona y era una de las que los animó a mudarse.

Ahora que es mayor se da cuenta de la gran valentía que tuvieron sus padres, porque trasladarse a otra ciudad sin trabajo y con tres niñas pequeñas —Elena tenía doce; Ana, diez, y Alicia, siete— era algo muy arriesgado.

Su padre encontró trabajo enseguida, pero la panadería cerró en agosto por vacaciones y le dijeron que volviera en septiembre. Su madre no encontró peluquería en tan poco tiempo y, teniendo tres hijas y en pleno verano, no tenía con quién dejarlas.

El mes de agosto era el peor, pues en Barcelona cerraban muchos establecimientos. Sus padres pensaron en volver, pero les decían que esperaran a septiembre y que la cosa cambiaría. Al final alquilaron su propio piso. Su padre, al estar la panadería cerrada, tuvo que irse a trabajar a la construcción, cosa que a Isabel no le gustaba, pero tenían que pagar dos alquileres y alimentar a tres niñas.

Para intentar ahorrar algo de dinero, le pidieron a la tita Pepa que les enviase los muebles para ahorrarse el dinero del alquiler del piso de Utrera, cosa de la que después se arrepintieron, porque veían que la cosa no mejoraba.

Cuando ya creían que las cosas no iban a remontar y con un pesado sentimiento de impotencia y derrota, pensaron en ir a comprar los billetes y regresar a Utrera, pero el día antes de ir a por ellos se llevaron una sorpresa: un repartidor traía los muebles. Al parecer, su tía había aprovechado la visita de un sobrino que fue a verla en vacaciones para que le desmontara los muebles y enviarlos. Así pues, tuvieron que pagarlos y se quedaron sin los billetes. ¿Casualidad o destino? Elena cree más en el destino…

Su padre no volvió a trabajar en la panadería, siguió en la construcción porque ganaba más dinero. Aun así, estaban igual que en Utrera o incluso peor. Hasta que un día su amiga le dijo que al lado de su casa había un edificio para el que estaban buscando una conserje, así que Isabel fue a la entrevista y le dieron el puesto. Ya no tenían que pagar piso, luz ni agua. Su madre no estaba acostumbrada a este tipo de trabajo, ya que había sido una niña de buena situación económica y la más mimada por sus padres al ser la menor, pero sabía que las cosas ahora eran diferentes y debía luchar por el pan de cada día.

15

Por fin ya instalados por completo en Barcelona, Isabel y Manuel deseaban que la educación de sus hijas continuara como en Utrera, así que buscaron un colegio concertado de monjas para ellas, pero Ana, la hija mediana, no consiguió plaza, así que entró en un colegio público mixto, donde sufrió *bullying*. Para las tres niñas el cambio fue muy duro, ya que se encontraron en una nueva ciudad, donde hablaban un idioma que ellas no comprendían (catalán), y pasaron de ser las preferidas en su antiguo colegio a ser forasteras en el nuevo.

Ana fue la que peor lo pasó al estar separada de sus hermanas y en un colegio mixto, a lo cual no estaba acostumbrada, y por el acoso escolar que sufrió. Mientras los niños iban al recreo, ella se quedaba sola en clase para no ser más acosada. Ella nunca lo contó hasta muchos años después, pero por suerte en el siguiente curso pudo trasladarse al colegio de sus hermanas.

Los primeros años en Barcelona fueron muy duros, ya que no todo era como ellos se habían imaginado, el trabajo no era lo que les habían contado y nadie les avisó del cambio de idioma; no se solía hablar en el colegio, pero sí en la calle, cosa que les hacía sentir fuera de lugar.

Manuel, después de unos cinco años trabajando en la construcción, encontró un buen trabajo en una panadería. La moneda de la vida o del destino volvió a girar, y por fin él pudo volver al trabajo que le gustaba. Gracias a eso pudieron permitirse alquilar un piso propio y se mudaron a un edificio al lado de donde trabajaba Isabel en la conserjería.

A los pocos meses de mudarse, tuvieron que operar a Isabel de la rodilla para colocarse una prótesis, y eso le dio una invalidez, por lo cual dejó la conserjería. Para Elena eso supuso otro instante de felicidad, puesto que así podía pasar más tiempo con ella. Le gustaba hablar con su madre y pasar todo el tiempo posible con ella.

16

Cuando Elena entró en la adolescencia, sintió un caos dentro de ella. Los diferentes sentimientos se acumulaban dentro de ella, la rabia, la incomprensión, el dolor, la tristeza y la culpabilidad que siempre la acompañaban, además de los cambios físicos que conlleva la adolescencia, un caos hormonal, físico y mental.

Todo eso hizo que Elena se formara una coraza, volviéndose muy seria y reservada. Sus padres se preocupaban porque la veían cambiada y pensaban que tenía problemas en el colegio. Las cosas no estaban bien del todo en el colegio, ya que los compañeros se solían reír de su acento y la trataban como si viniera de un pueblo remoto sin desarrollar; le llegaron a hacer preguntas tan tontas como si en Sevilla existían carreteras. Esas cosas le dolían mucho, pues amaba mucho su tierra y le disgustaba que hablaran mal de ella. Hoy en día se ríe de la ignorancia de aquellas personas y se da cuenta de que cuando somos pequeños o adolescentes vemos las cosas de otra manera y es demasiado fácil reírnos del que es diferente, sin tener en cuenta sus sentimientos o el daño que le podemos estar causando.

Elena no quiso contar nada a sus padres de lo que le sucedía, no deseaba que se preocuparan. Sin embargo, no todo era malo en la escuela. Tenía tres buenas amigas, con las que vivió inolvidables «instantes de felicidad», y con una de ellas perdura la amistad en la actualidad.

Le costaba mucho centrarse en las clases, solía tener el mismo problema que aún la persigue: su mente siempre tenía un pie en el pasado, no podía evitar estar siempre pensando en lo que había pasado los días anteriores, y eso hacía que se dispersara un poco.

En casa era feliz, tenía unos padres buenos, responsables, siempre pendientes de sus hijas. Elena sabía que ambos estaban siempre ahí para ellas y las apoyaban. Recordaba que reía mucho con su padre, sobre todo cuando le contaba anécdotas de su vida. Otro instante de felicidad.

A veces discutía con sus padres, ya no era tan calladita, pero luego se sentía mal, se sentía culpable una vez más.

Terminó de estudiar y quería ponerse a trabajar, pero sus padres le dijeron que tenía que formarse, así que tuvo que tomar una decisión: ir a la universidad o hacer un curso formativo. Como no le gustaba estudiar, se inclinó por hacer Secretariado.

17

Cuando Elena tenía catorce años hubo una gran desgracia en la familia. Una mañana sonó el teléfono, su madre lo cogió sonriente y, de repente, su cara cambió por completo. Su primo José Manuel, con el que había vivido una de las mejores excursiones de su vida, cuando la casualidad o el destino los hizo coincidir en el mismo lugar, había tenido un accidente de tráfico mortal con solo diecinueve años recién cumplidos. Esto fue un trauma muy grande para todos. Elena todavía sigue recordando el dolor y la congoja que sintió en el corazón al recibir esa llamada tan horrible, pasó días sin salir de casa y llorando sin parar. ¿Ya tenía su billete de avión al cielo?, ¿era su hora?, ¿su destino?

José Manuel vivía con su familia en Alemania, pero aquel fatídico accidente ocurrió en España, ya que este se encontraba de vacaciones en Sevilla. Junto a un amigo que se acababa de comprar un coche, quiso aprovechar para visitar a toda la familia, así que decidieron ir a Barcelona para poder ver a sus primas, pero el destino que les esperaba a los dos no era el que nadie se había imaginado. Cuando estaban en Barcelona, un camión salió por un sitio que era de entrada, sin fijarse, y arrolló el coche donde iban, haciendo que ambos murieran.

Desde aquel día la familia, rota de dolor, se fue a vivir al piso que se habían comprado en Sevilla, menos su padre, que iba y venía hasta que se prejubiló.

El abuelo de José Manuel estaba pasando una temporada en Barcelona y tuvieron que hacer mucho esfuerzo para disimular lo que había ocurrido, ya que no era necesario que él, siendo ya tan mayor, tuviera que sufrir por esa pérdida, aunque Elena siempre pensó que lo supo, antes o después.

Su primo Jesús, el hermano mayor de José Manuel, se quedó en Barcelona. Elena aún recordaba con un gran nudo en la garganta cómo su padre, Manuel, tuvo que agarrar con fuerza a Jesús, teniendo que llegar a tirarlo al suelo y abofetear su rostro para intentar hacerlo reaccionar, ya que este, roto por el dolor, quería ir a buscar al camionero con el único pensamiento en su cabeza de matarlo. El dolor que sentía era tan grande que tuvo un ataque de ansiedad tan severo que tuvieron que llamar a un médico, pero cuando se recompuso, se marchó a la calle y por más que sus tíos le rogaron y sus primas le pidieron entre llantos que no se fuera, no pudieron frenarlo…

Pasaron las dos o tres horas más horribles para ellos. Solo podían pensar en que habían perdido a José Manuel y lo último que les faltaba era que Jesús terminara en la cárcel, no podían perder a los dos a la vez.

Gracias a Dios, Jesús no cometió el mayor error de su vida, al final solo estuvo unas horas caminando por las oscuras calles para calmarse. Elena seguía sin saber qué fue lo que le pasó por la cabeza en ese momento, pero su corazón le decía que José Manuel, desde las estrellas, consiguió que su hermano no desperdiciara su vida.

Cuando él regresó, todos pudieron volver a respirar, ya que el tiempo que estuvo fuera fue como si hubieran absorbido todo el oxígeno de la casa y el silencio era atronador…

Jesús encontró trabajo en Barcelona, así que decidió quedarse allí a vivir. Con el tiempo se casó y tuvo una hija, llamada Lydia, pero como él y su mujer trabajaban, Isabel y Elena iban cada mañana a cuidar de la pequeña, ya que vivían cerca, y estaban con ella hasta que por la tarde su madre la recogía. Esto fue así durante unos meses, hasta que las cosas le empezaron a ir mejor a Jesús y su esposa pudo dejar de trabajar para encargarse de su hija y la casa. Más adelante tuvieron otro hijo, Raúl, y poco después una niña, a la que llamaron Sofía.

Jesús trabajó mucho y muy duro, hasta que con el paso de los años terminó creando su propia empresa, la que hasta hoy tiene mucho éxito y le ha permitido viajar por muchos países y conocer a muchísimas personas.

Al cabo de un tiempo se mudaron a un pueblo de Barcelona, pero aunque ya no vivían cerca, su relación siempre fue muy cercana, y sigue siéndolo.

18

Cuando Elena terminó los cursos de Secretariado, vio que era muy complicado conseguir trabajo, porque solo querían a gente con experiencia, pero ¿cómo tenerla si nadie le daba oportunidad de mostrar sus conocimientos?

Fueron meses muy pesados haciendo entrevistas y buscando oportunidades, hasta que la dueña de una tienda donde Elena solía trabajar los veranos mientras estudiaba para ganar algo de dinero le ofreció un puesto de trabajo en otra tienda que quedaba mucho más lejos de su casa. Como siempre, lo consultó primero con sus padres, puesto que para ella siempre fue muy importante la opinión y aprobación de ambos, y estos estuvieron de acuerdo.

Allí trabajó durante tres años, durante los cuales vivió buenos «instantes de felicidad» y momentos muy malos, ya que tenía dos compañeras y la encargada de la tienda, que no se portaban muy bien con ella. Durante esos años pudo ver las dos caras de la moneda que es la vida...

Por suerte, una chica se marchó de la tienda que estaba cerca de su casa y la dueña, viendo lo bien que trabajaba Elena y que esa tienda estaba mucho más cerca de su casa, le pidió que se trasladara. Para Elena esa fue una gran mejora. Unos años después quisieron traspasar la tienda, así que Elena, con un matrimonio que conocía, decidió quedarse con ella, pero la cosa no terminó de funcionar bien.

Después lo volvió a intentar con una amiga, pero no ganaban suficiente para mantener los dos sueldos y tuvieron que traspasar el negocio.

Empezó a trabajar en el INE (Instituto Nacional de Estadística), porque necesitaban personas para las elecciones, hizo los dos exámenes y los aprobó. Allí obtuvo algo de experiencia y le sirvió mucho para mejorar su currículum.

Al final Elena se dio cuenta de que en ese momento la mejor forma de ganar dinero era trabajando a través de las ETT (Empresas de Trabajo Temporal), que en ese momento estaban en auge. Elena siempre fue una persona a la que le gustaba ir a lo seguro, pero decidió arriesgarse y trabajar con las ETT. Nunca le faltó el trabajo, aprendió mucho, y eran empresas importantes. En la última empresa trabajó tres años y estuvo muy a gusto, tuvo buenos compañeros y mejores personas; más que un trabajo fue para ella un lugar de distracción. Duró tres años porque tuvo un accidente de tráfico y le mantuvieron el puesto estando de baja, pero la empresa cambió de subcontrata y, lógicamente, prescindieron de ella. Todos los anteriores empleos también le duraban bastante tiempo, enlazaba uno con otro. En esas empresas tuvo otros «instantes de felicidad».

19

Con dieciocho años empezó a salir con cuatro amigas, y más tarde sus hermanas se fueron uniendo. A veces iban a la discoteca, ella pendiente de sus hermanas, pues también era muy controladora, sobre todo con la pequeña, que tenía diecisiete años entonces. A Elena no le gustaba bailar, pero al resto sí, así que ella hacía de guardarropa. Era muy exigente con los chicos y desconfiada, se fijaba en todos los detalles; si no le gustaban los zapatos o alguna prenda que llevaran, ya no les daba conversación ninguna. Además, como ella estaba sentada se sentía muy incómoda, pues parecía que estaba expuesta en un escaparate, y esto no le gustaba. En otras ocasiones, también iban al cine o a alguna terraza y pasaban buenos ratos.

A los veintiún años conoció a un grupo de chicas y chicos a través de una amiga. Esa etapa la recordaba con gran cariño, pues lo pasaba muy bien con ellos, iban a muchos más sitios e iban de excursión muchas veces. Entonces tuvo muchos «instantes de felicidad» y también perdió un poco la vergüenza y la timidez con los chicos.

A los diecinueve años, Ana comenzó a salir con un chico, su marido en la actualidad, con el que se casó a los veinticuatro años. Unos días antes de la boda de Ana, Elena se encontraba en casa y, sin saber por qué, repentinamente comenzó a vomitar y a sentirse muy mal. Tuvieron que llevarla a Urgencias, donde lo achacaron todo a una crisis de ansiedad y pánico. Tenía solo veintiséis años y nunca se imaginó la tormenta que estaba por venir.

Con veintidós años le diagnosticaron migraña crónica, tenía unos dolores de cabeza bastante severos. En una ocasión, una de sus crisis le llegó a durar veintiún días seguidos.

Esos «ataques de ansiedad y pánico» se siguieron repitiendo casi a diario, adelgazó mucho, no tenía hambre y le costaba mucho comer. Al final sus padres le buscaron una psiquiatra y psicóloga, que determinó que toda esa ansiedad era debida a que su hermana se había casado y, al marcharse de casa, para ella fue como una pérdida, pero Elena nunca sintió que sus problemas fueran por eso. Con el tiempo descubrió que tenía razón.

20

Pasaron varios años y la salud de Elena no parecía mejorar. Seguía teniendo severos dolores de cabeza y «ataques de pánico», pero las cosas fueron empeorando. Pasó años con muchos dolores de espalda, que poco a poco se fueron extendiendo por todo su cuerpo. Visitó a varios médicos, traumatólogos y reumatólogos, pero por más pruebas que le hacían, le decían que no encontraban nada. Todo eso la hacía sentirse incomprendida, ya que los médicos la trataban como si solo quisiera llamar la atención. Muchas noches terminaba llorando de impotencia y dolor.

Sus padres sufrieron mucho al ver que vomitaba sin un porqué y, sobre todo, cuando tenía los ataques de pánico; parecía que se fuera a morir, cosa que le confirmó un psiquiatra. Una noche tuvo que ir a Urgencias. Efectivamente, el psiquiatra se lo confirmó y le dijo:

—Estos síntomas son los más parecidos a la muerte, pero sabes lo que te sucederá, así que intenta relajarte. —Y le recetó otras pastillas.

Elena le respondió:

—Es imposible relajarme cuando me entra el ataque.

Cuando su hijo nació fue el mayor instante de felicidad de su vida. La habían bendecido con un maravilloso hijo. Sin embargo, cuando tenía que cambiarle los pañales, para ella era un sufrimiento muy grande porque le entraban unos dolores muy fuertes en la cadera. Aun así, ella disfrutaba cambiándole el pañal y bañándolo, eran «instantes de felicidad» estando con él y cuidándolo.

Hasta los cuarenta y tres años siguió visitando a diferentes médicos, intentando que alguno encontrara qué le pasaba y le quisiera hacer caso.

Por fin pareció que había dado con el médico adecuado. Visitó a un señor mayor y, cuando Elena le explicó los síntomas que tenía y las zonas donde le dolía, sin pensárselo dos veces le solicitó que se tumbara en la camilla y empezó a tocarle en varios puntos específicos del cuerpo. Entonces le informó de que lo que ella padecía se llamaba fibromialgia y que por eso tenía también los dolores de cabeza y esos supuestos ataques de pánico, que todo estaba provocado por esa enfermedad.

En ese momento no era una enfermedad conocida, así que ni ella misma terminaba de entender lo que le estaba pasando y lo que llegaría a suponer este diagnóstico con el paso de los años.

El médico le informó que esta enfermedad no tenía solución, pero que tampoco era mortal, que tendría que aprender a vivir con ella, con los dolores que provocaba y las consecuencias a largo plazo, y que aprendiera a decir «no». No sabía cómo el médico sabía que le costaba mucho decir esa palabra.

Elena tenía la suerte de tener unos compañeros y compañeras de trabajo maravillosos. Trabajaba de administrativa, y estar todo el día escribiendo en el ordenador no beneficiaba nada a su espalda, pero no podía permitirse dejar el trabajo, así que sus compañeros le daban masajes en la espalda para ayudarla a poder soportar toda la jornada laboral. Vivió grandes «instantes de felicidad» en esa empresa junto a sus compañeros.

21

Un día Víctor le propuso ir a pasar el día a la montaña en familia. A Elena le daban un poco de miedo las curvas, pero sabía que sería una experiencia hermosa para Carlos, su hijo. Y así fue.

Pasaron un día maravilloso, con un clima espléndido. Carlos disfrutó muchísimo jugando a la pelota con su padre. A Elena aún se le dibujaba una sonrisa en el rostro cuando recordaba los buenos momentos que pasó su hijo jugando con su padre. Fueron grandes «instantes de felicidad».

Después de unos días de paseos por las Ramblas de Barcelona y escribir a ratos en su ordenador para liberarse de los pensamientos que la habían estado acosando sin parar, empezó a sentirse más libre. Parecía que le había servido de ayuda plasmar sus inseguridades y preocupaciones.

Ya sintiéndose mejor, salió con Carlos a pasar el día y comer en un restaurante. Después pasearon un poco por la playa. Fue un gran día con muchos «instantes de felicidad».

Por la noche, ya más tranquila, se fue a dormir; pero su tranquilidad solo fue temporal, ya que mientras dormía empezó a soñar con el día que fueron a la montaña, y su hermoso sueño se transformó en pesadilla cuando su mente recordó cómo finalizó ese día.

Cuando ya estaban llegando a casa, tuvieron un accidente de tráfico: una moto se estrelló con su coche, atravesando la ventanilla trasera, donde estaba sentada Elena al lado de su hijo. El impacto fue muy fuerte. En ese momento el único pensamiento que pasaba por la cabeza de Elena era agradecimiento por que entrara por su ventana y no por la de su hijo, que solo tenía diez años.

Carlos actuó con una gran madurez, ayudando a su madre y llamando a sus abuelos y al abuelo paterno para avisar de lo que había pasado. Quien descolgó el teléfono fue Isabel, que insistió a Carlos para que se pusiera su hija. Elena acababa de despertar, pues había perdido el conocimiento. Isabel solo quería asegurarse de que su hija estaba bien. Mientras, Víctor llamaba a una ambulancia.

Cuando Elena llegó al hospital ya le estaba esperado un neurólogo. Tuvo un traumatismo y le tuvieron que dar diez puntos en la cabeza, y además sufrió contusiones y le entraron cristales en los ojos. A partir de ahí, su enfermedad empeoró muchísimo. Al ver que no podía hacer casi nada —muchísimos días no podía ni cocinar—, terminó con una depresión severa, ya que se sentía muy inútil e impotente.

Sus padres llegaron enseguida, pero la dejaron en observación. Cuando le dieron el alta, se quedó unos días en casa de sus padres —Víctor no era nada apañado en la cocina— y, al cabo de unos días, se fue a su casa, aunque su madre hacía la comida para todos.

22

Una mañana, Elena se despertó muy cansada. Se preparó un café con leche y mientras le daba vueltas con la cucharita, empezaron a agolparse los recuerdos en su mente, como si de un *flashback* se tratase…

Después del accidente y de empeorar tanto, recordó que un día vio a un médico hablando sobre su enfermedad en la televisión. Desesperada, lo buscó por internet. Visitaba en Barcelona, así que pidió cita con él. Este le realizó varias pruebas y llegó a la conclusión de que estaba en la fase tres de la enfermedad, la fase más severa, y además también le diagnosticó fatiga crónica —de ahí venía ese cansancio tan grande que siempre sentía— y depresión mayor recurrente.

En ese momento estaba de baja, pero sabía que no podría volver a trabajar, así que el mismo médico le dijo que debería solicitar la invalidez, cosa que hizo, pero se la denegaron. Tuvo que ir a juicio para que se la concedieran.

Desde entonces ya no era la misma. Tuvo que aprender a vivir con los dolores y las depresiones que iban y venían. La enfermedad invisible, así la llaman, ya que visualmente no es algo que se vea, el tormento se lleva por dentro.

Fue muy duro aceptar esta situación. La gente no veía físicamente los problemas que estaba pasando y no entendía el infierno que ella vivía. No podía evitar sentirse mal por si pensaban que era vaga.

Hacer las tareas cotidianas del día a día a veces era algo casi imposible, a la mínima que hacía algún esfuerzo, después necesitaba echarse un rato en la cama a descansar. Era muy duro tener que cancelar las citas con sus amigas porque no era capaz de salir de casa por culpa de los dolores y el cansancio.

Pero dentro de todo lo malo siempre hay una parte buena. Elena tenía una gran ventaja que no todo el mundo en esa situación tiene: contaba con el apoyo incondicional de su familia. Sus padres fueron los que más la ayudaban, le traían comida y le echaban una mano con la casa cuando ella estaba mal.

A Elena no le quedó más remedio que contratar a alguien para que la ayudara con la limpieza a fondo de la casa. El médico le advirtió que nada de hacer sobresfuerzos un día porque creyera que estaba bien, porque después le pasaría factura.

A Elena le costó mucho acostumbrarse, había sido una mujer muy activa y ahora veía que no podía ir ni hacer la compra. Su vida cambió por completo, aunque hoy en día y con el paso de los años, ya no se siente como un parásito, así se sintió muchas veces; ahora va a su ritmo y si tiene que parar, para y cuando puede vuelve a continuar.

Elena, aun con su enfermedad y con la ayuda de sus padres, cuidó de su sobrino Alberto cuando fue pequeño, iba de aquí para allá y a veces salían por la tarde para que no estuviera todo el día en casa. A ella a veces no le apetecía, pero hacía el esfuerzo por él y bajaban a comer a casa de sus padres. Tuvo muchos «instantes de felicidad», como el primer día que su sobrino le dijo «tita». Ella no necesitaba mucho para ser feliz, solo esos pequeños instantes.

Le puso una piscina en la terraza, como había hecho con su hijo, y pasaban mucho tiempo juntos. Él disfrutaba mucho cuando su tía le echaba agua por la cabeza y le pedía que lo hiciera más veces. Cuando no podía estar más tiempo de pie en la terraza, cogía una silla y se sentaba cerca de él para vigilarlo.

Ella adoraba a su sobrino, que ya tenía dieciocho años. A sus sobrinas también, pero a ellas no las cuidó, así que las quería muchísimo, pero no era lo mismo.

También recordaba las largas conversaciones con su madre, hablando de cualquier tema, o cuando venía su tía Pepa a visitarlos, ahí también tuvo «instantes de felicidad», igual que cuando ellos iban a Sevilla.

Hubo muchos más «instantes de felicidad», como ver a su hijo crecer, jugar al ajedrez o a cualquier juego de mesa; no hay que olvidar que ella no podía jugar con él a la pelota, lo que hacía mucho con su abuelo materno, a quien veía cada día, ya que vivía en el piso de abajo. También jugaba a la pelota con su padre cuando este podía, pues trabajaba mucho.

Era un niño muy alegre y simpático, además de bueno. El abuelo paterno iba a recogerlo los sábados y muchos días de verano iban a un club donde había piscina y más juegos cerca del mar, donde Carlos pasó muchos momentos buenos con su abuelo.

23

Elena siempre ha sido una mujer muy detallista. Cuando su hermana Ana cumplió los cuarenta años, le hizo un regalo y le escribió un hermoso poema, cargado de amor y sentimientos.

Los años fueron pasando y llegó el año en que Alicia cumplió los cuarenta. Elena, como siempre muy detallista, le hizo un regalo y le escribió un hermoso relato, dándole cuarenta razones por las que la quería tanto.

Cuando Víctor cumplió los cincuenta años también le hizo algo parecido, pero en esta ocasión participó toda la familia y se lo enmarcaron, y además le regalaron un fin de semana para los dos en Mallorca. Otro instante de felicidad.

A Elena nadie le hizo nada así, aunque sí que tuvo un regalo y su hijo le dedicó una foto, que ella guardaba con gran ilusión y amor.

Claro está que el amor no se mide por esos detalles, pero a ella le hubiera gustado tener uno. Tal vez sus hermanas no le dieron la importancia que para ella tenía o no tuvieron tiempo, o simplemente no se les ocurrió.

Un día su hijo vio lo que su madre estaba escribiendo y como leyó que ella no había tenido nada similar, le escribió lo mismo que ella a sus hermanas a los cincuenta y cinco años. Otro instante de felicidad.

24

Cuando Elena se separó, su hermana Ana la ayudó mucho económicamente, y sus padres también lo hicieron. Alicia en esos momentos no la podía ayudar económicamente, pero estuvo a su lado apoyándola en todo lo que podía. Siempre han sido tres hermanas muy unidas.

El amor no se mide por un simple escrito o un regalo, el amor se demuestra con nuestros actos. Hay muchas formas de querer, pero desde el punto de vista de Elena, el amor entre padres e hijos es muy diferente al que puedes tener por tu esposo. El amor por tus padres e hijos es incondicional, pero el amor por un hombre o mujer es tan diferente… ¿Cómo es posible que alguien que has conocido por casualidad sea la persona que te roba el alma, la mente y, sobre todo, el corazón?

Cuando lo tenemos no deberíamos dejarlo pasar, hay muchas dificultades que se pueden solucionar. A veces pensamos que debemos dejarlo ir, pero hay que estar muy seguro de ello porque el problema o los problemas que tenemos no siempre se deben a que la relación no funcione.

Hoy todo el mundo está estresado: el trabajo, los hijos, el dinero, los padres que se hacen mayores y cada día te necesitan más…, como tú los necesitaste en su momento. Llegas a casa y discutes con la persona que está a tu lado, en vez de refugiarte en ella y compartir vuestras preocupaciones. Por desgracia, muchas veces es más fácil discutir o soltar todo tu estrés contra la persona que tienes al lado que hablar y explicar cómo te sientes.

Necesitamos aprender a comunicarnos mejor, ya que muchas relaciones se terminan muriendo por la falta de comunicación.

Si tienes la suerte de tener una pareja con la que puedes hablar y os podéis apoyar y contar vuestro día a día, nunca pierdas eso, nunca te vayas a la cama enfadada o enfadado con tu pareja. Si no eres capaz de hablar de los problemas abiertamente, escríbele una carta o regálale una sonrisa, pero sea como sea no dejes de comunicarte e intentar buscar una solución al problema.

Tampoco te vayas a la cama si has tenido una discusión o un disgusto con un miembro de la familia o algún amigo. Recuerda que un malentendido puede romper una buena relación, incluida la amistad.

En esta vida lo único que es seguro al cien por cien, por desgracia, es la muerte. Por eso es importante que luchemos por la gente que queremos, que nos comuniquemos y nos esforcemos por mantener las relaciones. Está claro que en cualquier relación, de amistad, amorosa o familiar, tienen que querer ambas partes, no puede darlo todo uno y el otro no hacer nada. Si ves que estás en una relación tóxica o que simplemente la otra persona no hace nada para que la cosa se mantenga y avance, déjala ir, aunque te duela. Lucha por las cosas que valen la pena y no gastes fuerzas en quien no te quiera con lo bueno y lo malo.

25

Cuando Elena se dio cuenta, llevaba más de una hora absorta en sus pensamientos. Recogió la mesa del desayuno, fregó los platos y cuando estaba guardándolos, vio una taza que le regaló Víctor cuando eran novios. En ese momento se arremolinaron en su mente todos los recuerdos de cuando se conocieron...

Elena, para conseguir un puesto de administrativa, tuvo que trabajar en una empresa dos meses sin cobrar para obtener experiencia. Ya no quería seguir trabajando de dependienta y en todos los sitios le solicitaban experiencia previa, así que aceptó ese trabajo no remunerado. Luego trabajó en varias empresas muy buenas y conoció a mucha gente.

En uno de esos trabajos tenía una amiga que hacía tiempo que le insistía para que saliera una noche con ella, hasta que un día aceptó. Fueron a cenar, rieron mucho, compartieron vivencias y grandes «instantes de felicidad». Fueron a un lugar de copas donde su amiga solía ir, y allí Elena, nada más entrar, vio a lo lejos a un chico de pie con una copa en la mano. No pudo verle bien la cara, pero en ese momento pensó: «¡Este es el hombre de mi vida!». No había tenido ninguna relación seria con ningún hombre hasta entonces.

Nada más entrar en el local, antes de que pudiera llegar a la zona de asientos, ese chico se acercó a la amiga de Elena y se saludaron. Su amiga se lo presentó y supo que de verdad sería el hombre con quien compartiría muchos años de su vida. Otro instante de felicidad.

Aquella noche, Elena, algo tímida, habló con Víctor —así se llamaba él— como si lo conociera de toda la vida. Volvió a su casa pidiendo al universo que fuera él el hombre de su vida. Esa misma noche se intercambiaron sus números de teléfono.

Se vieron cada semana en el mismo local hasta el día 1 de agosto, día en el que él se iba de vacaciones con su familia. Le dijo que la llamaría. Elena estaba impaciente y quería oír el teléfono, pero pasaban los días y eso no sucedía.

El día 15 de agosto, cuando comentaba en una terraza con sus amigas que no entendía el comportamiento de ese hombre, con el que había compartido charlas, risas y desayunos, ese hombre al que solo con mirarlo creía conocer desde hacía mucho tiempo y con quien se sentía muy a gusto, por fin sonó el teléfono. Sin embargo, ella no estaba, pues estaba paseando con sus amigas.

Al llegar a casa, su padre le dijo que había llamado. No podía ser, no se lo creía, pensó que su padre se había confundido de nombre, pero sintió una gran alegría. Otro instante de felicidad. Al mismo tiempo, esa persona insegura temió que no volviera a llamar, pero estaba equivocada, ya que la volvió a llamar esa misma noche. La invitó al día siguiente a ir al cine, porque decía que tenía ganas de volver a Barcelona a visitarla. Aunque algo en su interior le decía que él solo buscaba a una mujer para pasar el verano, Elena aceptó la invitación.

Esa noche esperó impaciente a que llegara el día siguiente; la impaciencia era un defecto de Elena.

Fue uno de los días más bonitos de su vida, cargado de «instantes de felicidad». Quedaron a las cinco de la tarde en un cine. Al verlo llegar, su corazón palpitaba. Se saludaron y Víctor le dijo que había quedado en ese lugar conocido, pero que antes tenía que pasar por su casa para ducharse y que irían a la siguiente sesión y a otro cine más céntrico. Le pidió que lo acompañara a su casa, y Elena, una mujer tímida y con el recuerdo desde su infancia de que no se fiara de nadie y que tuviera mucho cuidado con los hombres, dudó un instante, pero su corazón le decía que lo hiciese. Y así fue.

Elena en ese momento pensó que era extraño que él no hubiera ido antes a su casa a ducharse y quedar más tarde, y además se sentía algo insegura por unos problemas que había tenido en el trabajo, pero tenía tantas ganas de estar con Víctor que se arriesgó. Ya se sabe, sin riesgo no hay victoria.

Desde hacía unos dos meses, en su trabajo había un hombre que quería salir con ella. Elena lo rehusó y pasó muchos días muy incómoda, hasta que un día empezó a preguntarle cosas íntimas y cada vez se acercaba más a ella. Elena no quería ser desagradable, pero la ponía muy nerviosa e incómoda, así que tuvo que decirle que por favor no insistiera más, que ella no sentía nada por él. Además, aunque ese hombre le hubiera gustado, jamás habría tenido nada con él, ya que era un hombre casado. Elena era muy respetuosa y sabía que salir con un hombre casado no era algo correcto; además, era del pensamiento de «no le hagas a los demás lo que no quieres que te hagan a ti».

Volviendo al relato de Víctor, fueron a su casa. Le preguntó si quería tomar algo, y ella dijo que no. Cuando lo vio salir del baño con la toalla en la cintura, Elena pensó dos cosas, que tal vez se había equivocado yendo allí y que estaba muy guapo. Víctor tenía veintinueve años, y Elena, veintisiete.

Víctor había salido con varias mujeres, así que pensó por un instante que solo quería pasar un buen rato y manipularla. Sin embargo, no le propuso nada esa noche y estuvo en todo momento muy cordial y amable, quería que Elena se sintiera cómoda.

Salieron de su casa y fueron al cine. En un momento de la película, él le cogió la mano. El primer impulso de Elena fue apartarlo, pero algo en su interior le dijo: «Déjate fluir. Si sigues con este comportamiento, nunca conseguirás nada y nunca tendrás lo que deseas».

Después fueron a cenar y tuvieron una buena conversación, aunque también hablaron de temas banales. Al ser verano, se fueron a dar una vuelta, pues hacía una bonita noche, y se sentaron en un banco de un parque. Ahí Víctor le dio el primer beso. No fue el mejor beso de su vida, pero sí uno de los más deseados. Otro instante de felicidad.

Víctor la acompañó a casa y, desde esa noche, se fueron viendo cada día, hasta que él volvió a irse unos días más con su familia. A la vuelta todo siguió igual, y así pasaron los días. También discutieron alguna vez, pero se miraban y se les pasaba enseguida; a ella le duraba el enfado un poco más. Se veían tres veces a la semana, más los sábados y domingos, y así fueron transcurriendo los meses.

Su relación parecía ir muy bien, hasta que un día descubrió que Víctor tenía un tonteo o algo más con una compañera de trabajo. Elena era una mujer muy intuitiva, y eso le hacía pensar que era algo más que un simple tonteo. Al final, Víctor se lo confirmó. En ese momento, Elena rompió la relación por completo, pues para ella eso era imperdonable. Él le pidió disculpas mil veces, pero ella tenía el corazón roto. Lo pasó muy mal porque lo amaba de verdad.

Dicen que el destino no existe, que tú creas tu vida, pero Elena es una de las personas que piensan que sí existe. Habrían pasado casi dos meses cuando un día se encontraron en el metro, y eso que Barcelona no es una ciudad pequeña. Elena en ese momento recordó que en una discusión Víctor le dijo: «Estoy seguro de que, aunque discutamos, tú y yo terminaremos juntos».

Víctor se alegró mucho al verla y, lógicamente, ella también. Aquel momento fue otro instante de felicidad. Aunque seguía dolida, Víctor le dijo que había dejado a la chica y le propuso quedar al salir del trabajo. Ella al principio contestó que no, pero al final aceptó.

Elena llegó un poco antes que él al lugar señalado y cuando lo vio llegar, volvió a sentir lo mismo que la primera vez que fueron al cine. Seguía amándolo, aunque eso ella ya lo sabía.

Se saludaron y el café se convirtió en cena. Volvió a decirle que la quería, que le diera una oportunidad, y ella… se la dio.

Parecía que sí estaban destinados a estar juntos, ya que un año después se casaron.

26

La boda no fue como ella soñaba, ya que Elena era muy controladora y en lugar de dejarse fluir y disfrutar, se la pasó controlando y vigilando que todo estuviera bien.

Empezaron a vivir en un piso de alquiler, porque las cosas no les iban tan bien económicamente como para poder comprar su propio piso; ninguno de los dos tenía trabajo fijo. Fueron tiempos duros, pero gracias al amor que se tenían y su fuerza de voluntad, pudieron superarlos.

Un año después consiguieron mudarse al barrio donde se había criado Elena y pudieron comprar por fin su propio piso. Habían sido fuertes y luchadores y la moneda de la vida volvió a girar en su favor. Su economía mejoró y por fin tenían su propio hogar, pero esa no era la única sorpresa que les deparaba el destino, sino que les bendijo con un gran regalo: Elena se quedó embarazada.

Desde antes de que ella supiera que estaba embaraza, ya tenían muy claro el nombre que le pondrían a su bebé; desde que eran novios, soñaban con el día en que fueran padres y tenían elegido el nombre de Carlos.

A Elena le encantaba acariciar su barriga y hablar a su pequeño Carlos. Víctor cada noche besaba con mucho amor la barriga de Elena y le decía: «Buenas noches, ojos azules». Elena le repetía que era casi imposible que los tuviera de ese color, puesto que ambos los tenían oscuros, pero él insistía en que así serían.

Esa época fue una de las mejores que ella recordaba, en la que tuvo muchos «instantes de felicidad» junto a Víctor.

Tuvo un embarazo muy bueno, tenía menos dolores y menos ansiedad. Víctor estaba muy pendiente de ella y la acompañaba al médico siempre que su trabajo se lo permitía. Ella le gastaba bromas sobre los antojos y él, aunque fuera de noche, siempre estaba dispuesto a complacerla. Rieron mucho, y ella se veía más guapa que nunca.

Los días iban transcurriendo con normalidad; obviamente, también había alguna desavenencia. Por fin llegó el día en el que nació su hijo, sintió una gran alegría y emoción, y... ¡tenía los ojos azules!, como decía Víctor. Pensó que se le irían con el paso del tiempo, como les pasa a muchos niños, pero no. Allí tenían a su ángel de ojos azules. El nacimiento de Carlos fue una gran felicidad para el matrimonio, pues fue un hijo muy deseado por ambos.

Gracias a su hijo, Elena supo lo que era el amor incondicional. Siempre conoció el amor en los diferentes tipos que existen, el amor que ella sentía por sus padres, sus hermanas y el gran amor que sentía por Víctor. Pero cuando tuvo a Carlos por primera vez en sus brazos y vio su hermosa carita, descubrió un nuevo tipo de amor, uno que nunca se había imaginado, el amor maternal. Inundó todo su cuerpo como un tornado que llega de repente y todo lo revuelve.

En ese momento se dio cuenta de que, pasara lo que pasara, por ese hermoso bebé iba a luchar con capa y espada si hacía falta. No iba a dejar que su enfermedad la venciera. En ese momento, por su cabeza paseaba la gran pregunta: «¿Te he dado la vida o tú me has regalado la mía?».

Su familia y su marido siempre la ayudaron a no tirar la toalla, a buscar la fortaleza dentro de ella, pero ahora tenía un gran motivo, una obligación, una personita que la necesitaba a ella más que a nadie en el mundo, así que se prometió que por él siempre sonreiría y buscaría el sol.

27

Los años fueron pasando y Elena fue empeorando. Su día a día era una lucha continua entre trabajar fuera de casa y encargarse de todas las cosas del hogar. Víctor no era nada habilidoso, así que dejaba todo en manos de Elena, que se encargaba de pagar las facturas y controlar los gastos.

Cuando Elena le recriminaba a su marido que tenía que ayudar más en el hogar y encargarse de algo, él siempre se disculpaba y le decía que con su trabajo no podía, pues tenía unos horarios completamente inestables. En teoría, sus turnos eran rotativos cada quince días, pero había días que la empresa le hacía trabajar doce horas, incluso llegó a tener turnos de diecinueve horas. Después le daban un par de días de descanso, pero, claro, el primer día se lo pasaba descansando, ya que estaba agotado, así que terminaban pasando muy poco tiempo juntos.

Elena tenía que entrar a trabajar muy temprano, por lo que cada mañana a las siete de la mañana bajaba a su hijo a casa de sus padres, que por suerte vivían en el mismo edificio. Así que mientras él era pequeño, se lo llevaba a sus padres dormidito en sus brazos con su hermoso pijamita. Para Elena era todo muy duro, porque casi no ver a Carlos, los grandes dolores que tenía, el cansancio, tener que trabajar tanto dentro como fuera del hogar y tener que dejar a su pequeño tan temprano en casa de sus abuelos le rompía el corazón. Lo único que quería en ese momento era abrazar a Carlos y no soltarlo nunca.

Elena, cada vez con más dolores y más trabajo, se sentía a veces completamente incomprendida por su marido, y otras por los médicos, ya que no sabían qué decirle ni qué padecía —en esta época aún no le habían diagnosticado su enfermedad—.

Elena reconoció que Víctor la ayudaba en lo que podía, aunque no era mucho, pero al menos sus padres sí que la ayudaban en todo.

Con el tiempo las discusiones en el matrimonio fueron más comunes y continuadas. Elena sufría muchos dolores y entonces le costaba controlar su carácter, pero Víctor también tenía su carácter y era muy cabezón, cosa que tampoco ayudaba.

Elena valoraba mucho cuando la arropaba, la besaba pensando que estaba dormida o, simplemente, dormir abrazada a él y despertarse a su lado, otro instante de felicidad.

Empezaron a tener una racha mejor. La vida no paraba de dar giros, Elena empezaba a sentirse como si estuviera en una atracción de feria donde no hacían más que darle vueltas. El sol salía y la lluvia volvía, y viceversa.

La gota que colmó el vaso ocurrió en noviembre... Víctor tuvo una infección de orina muy severa, pero se negaba a ir al médico, y no acudió hasta que empezó a tener fiebre de forma continuada y muy elevada, por lo que Elena se vio obligada a cuidar de él, más todas las responsabilidades que ya tenía. Al final le dieron antibióticos, pero la infección la tenía desde hacía tanto tiempo que el médico ordenó ingresarlo para tratarlo con antibióticos por vena. Este se enfadó muchísimo y se negó por completo a ir al hospital, así que Elena se vio obligada a llamar a su suegro para que consiguiera que su marido fuera. Entre los dos consiguieron que entrara en razón. Cuando lo ingresaron, ella pensó en quedarse a pasar la noche con él, pero su suegro le dijo que no lo hiciera, que no se lo merecía, ya que él solo se había buscado esa situación.

Víctor había esperado tanto que el médico les informó de que la infección estaba a punto de convertirse en una sepsis.

El padre de Víctor ese día le recriminó cómo estaba tratando a Elena y a las personas que le querían, y le avisó de que no podía continuar así o terminaría quedándose solo.

Elena esa noche en casa tuvo mucho tiempo para pensar. Notó la paz que había en la casa, el descanso de no estar discutiendo todo el día y no tener que estar cuidando de alguien que estaba enfermo porque no quería hacer nada para remediarlo. Por su cabeza pasaron mil cosas, pero había una que no se podía quitar, aunque su corazón no opinaba lo mismo.

Cuando fue a visitar al día siguiente a Víctor, vio que tenía muy mala cara y que parecía muy triste. Entonces Víctor la miró y le dijo:

—Mi padre me ha dicho que cualquier día me dejas…

A lo que ella respondió:

—Cualquier día no, el momento ya llegó. Lo siento…

Víctor entristeció y calló, lo que inundó otra vez de culpa a Elena.

Después de la separación, Víctor no dejó de ir a ver a Elena. Ella en parte quería que se quedara en casa, ya que aún lo amaba muchísimo, pero ambos tenían muchos defectos y en ese momento ella creía que lo mejor era estar separados.

28

En mayo de ese mismo año, Elena tuvo un tumor en la mama. La operaron enseguida, pero gracias a Dios era pequeño, así que solo le dieron radio.

Cuando esto sucedió, Víctor no la quiso dejar sola y fue con ella a casa; tenía vacaciones, así que las aprovechó para cuidar de ella. Le hacía las curas y la ayudaba en todo lo que podía. Cada día bajaban a casa de los padres de ella a comer, ya que él era muy malo en la cocina. Estuvo con ella hasta final de mes, que tuvo que volver al trabajo, y cuando se marchó de casa, el corazón de Elena gritaba: «¡Quédate conmigo!», pero no se atrevió a decírselo; además, su cabezonería le decía que tenía que ser él quien le pidiera quedarse.

Años más tarde, Elena le contó a Víctor lo que sintió ese día, y él le confesó que si se lo hubiera pedido, se habría quedado porque él sentía exactamente lo mismo. Estaba claro que estaban destinados a estar juntos.

Elena se sentía muy culpable por haber pedido el divorcio, porque en realidad no quería divorciarse de él, y eso le hacía tener remordimientos de forma constante. Pero si no se hubiese separado, Elena no lo habría valorado como lo valora ahora. Aprendió que a las personas hay que quererlas como son, con sus defectos y virtudes, y o las aceptas así, o la relación no funciona.

Como alguien dijo una vez: «Si quieres a una persona por dinero, no es amor, es por riqueza. Si la quieres por su posición, no es amor, es por estatus. Si quieres a una persona y no sabes por qué, es amor».

Al final estuvieron unos años divorciados, pero nunca separados del todo, ya que de forma bastante continua se estuvieron viendo y ambos aprendieron a valor al otro, a entender los malos momentos y apoyarse mutuamente.

Como Víctor decía cuando eran novios, pasara lo que pasara entre ellos, terminarían juntos. Parecía que sí estaban destinados a que sus caminos estuvieran unidos: por muchos baches que les pusiera la vida, siempre volvían a encontrarse.

Por fin Elena dejó de vivir sufriendo por perder a Víctor y se dio cuenta de que todo ese sufrimiento fue necesario, pues ambos necesitaron pasar por ese dolor para aprender a cuidarse y a valorarse mejor. Como dijimos antes, la vida es como una moneda, tiene sus dos caras, y ambos tuvieron que vivir en los dos lados para aprender a valorar lo que tenían.

Entre ellos había algo muy especial y único, algo que no todo el mundo tiene la suerte de tener: un amor verdadero y único, que ha superado grandes baches y los ha hecho más fuertes y sabios.

La vida parecía que empezaba a sonreírle a Elena, pero el destino aún le deparaba muchas más sorpresas. En enero de 2012, Elena fue diagnosticada de cáncer de colon. La operaron ese mismo mes.

El cirujano, muy agradable y empático, le dijo que cabía la posibilidad de que tuviera que salir del quirófano con una colostomía, y así fue… En principio, la colostomía solo iba a llevarla durante tres meses, pero tuvo problemas con la cicatriz que le tuvieron que realizar —fue muchísimo más grande de lo esperado y uno de los puntos no se terminaba de curar—, por lo cual tuvo que pasar por colonoscopias continuas hasta que al final la pudieron operar y retirársela, pero en lugar de tres meses fue casi un año. Esto afectó mucho a Elena e hizo que se sintiera muy incómoda y casi no saliera de casa.

Cuando la operaron, solo pudieron acudir sus hermanas a estar con ella, puesto que su madre ya había empezado a desarrollar alzhéimer y su padre tenía que estar cuidando de ella.

Estuvo ocho días ingresada, que fueron muy largos y duros, sobre todo para su hijo, Carlos, que estaba muy asustado porque un cáncer de colon es muy grave. Pero justo el día que le daban el alta, llegó una enfermera corriendo y con una gran sonrisa le anunció:

—¡Elena, no es cáncer! Es una endometriosis.

En ese momento dio gracias a Dios y fue un gran instante de felicidad, pues su hijo solo tenía dieciocho años y tampoco quería que sus padres tuvieran que sufrir por ella.

Enseguida llamó a su familia y sus amigos. Lógicamente, todos se alegraron mucho, pero jamás olvidará la reacción de su gran amiga Esther, que fue la primera amiga que tuvo en el colegio de Barcelona, y es que se emocionó mucho y gritó a su marido: «¡¡Elena no tiene cáncer!!». Se querían mucho y aún se quieren, tuvo mucha suerte de conocerla.

A los cinco días de estar en casa tuvo fiebre y la ingresaron. Lo pasó muy mal, peor que en la operación. Estuvo trece días ingresada y adelgazó mucho. También estaba muy inquieta y lloraba mucho, pero le decían que todo era de lo mismo. Le dieron el alta a pesar de que no se encontraba bien. No podía hacer nada y estaba muy inquieta.

Llegó el día en que tuvo que ir a la oncóloga para la revisión, y la doctora se quedó sorprendida cuando la vio. Elena se había quedado muy delgada, pesaba cuarenta y tres kilos, así que enseguida la mandó al endocrino de forma urgente. Tenía hipertiroidismo. Todos decían que eran nervios, pero ella no lo veía así, era peor. Enseguida le pusieron un tratamiento. El hipertiroidismo también le afectó a la vista, veía doble.

Tuvo que ir al hospital cada quince días para que le inyectaran cortisona, la cual hizo que engordara mucho, entre otros problemas que da esa medicación.

Dicen que los problemas emocionales influyen en la salud, y desde luego fue mucha casualidad que en cuanto se separó tuviera el cáncer de mama y, más tarde, la cirugía de colon. ¿Casualidad?

Ver la decadencia de sus padres y la ausencia de Víctor le afectó muchísimo, no paraba de llorar y se pasaba muchos días en la cama. Ahora se arrepentía mucho, porque su padre iba a la cama y le decía que se levantara un ratito, y siempre decía que no, así que no pudo disfrutar mucho de los últimos años que les quedaron a ellos.

Su hijo siempre supo ayudarla, comprenderla y aconsejarla cuando la veía llorando, aunque ella intentaba ocultar sus lágrimas; aun así, su padre y su hijo se daban cuenta y sufrieron mucho por ella, y sus hermanas, también.

Su padre en una ocasión le dijo que estaba así por Víctor, pero ella no lo quería reconocer; sin embargo, él la conocía muy bien. Con su hijo tenía una relación muy estrecha, siempre fue muy buena. Durante la niñez y la adolescencia fue genial, pero cuando se convirtió en un hombre, su relación fue increíble. Era un hombre de veinte años maduro, bueno y comprensivo.

Al principio, Elena lo veía todo muy oscuro, se sentía muy sola y desanimada, pero cuando empezó a estar mejor se obligó a salir a la calle. Paseaba un poquito para distraerse y se tomaba un café en la misma cafetería todos los días. Un día le dio por cambiar de sitio y el sol volvió a salir. Fue a una nueva cafetería, donde conoció a una señora muy amable, Rosa. Empezaron a hablar sobre temas banales y poco a poco surgió una hermosa amistad entre ellas, amistad que actualmente sigue teniendo. Así Elena dejó de sentirse sola, tenía a Rosa, y ella además le presentó a más personas. Otro instante de felicidad.

29

Cuando Carlos cumplió los veinte años, su madre también le hizo un escrito como a sus hermanas.

Tengo muchas razones para quererte. La principal, porque eres mi hijo.

Ahí van veinte de los muchos motivos por los que te quiero:
1.Ya te quería antes de nacer.
2. Por ser un ángel de ojos azules.
3. Por tu nobleza.
4. Por tu amor.
5. Por tu paciencia, sobre todo conmigo.
6. Por tu desorden.
7. Por tu pasotismo aparente.
8. Por tu preocupación en silencio.
9. Por tu madurez, tal vez forzada por las circunstancias.
10. Por tus noches de charlas en mi habitación.
11. Por tus consejos.
12. Por tu consuelo.
13. Por tu sabiduría.
14. Por tu respeto.
15. Por enseñarme a luchar por ti.
16. Porque veías a la madre más perfecta.
17. Por descubrir que no lo soy.
18. Por tu entereza en momentos muy difíciles.

19. Porque me sigues dando tu amor incondicional.
20. Porque te quiero con todas tus virtudes y pocos defectos.

Gracias por estos veinte años llenos de felicidad, recuerdos, añoranza, por esa magia que, siendo ya un hombre, me sigues dando.

Gracias. No olvides…

Desde pequeño, Elena le decía «no olvides…», y él contestaba «que mamá me quiere mucho».

Una parte de Elena deseaba que Carlos se emancipase pronto, ya que no deseaba que sufriera con ella lo mismo que ella pasó con sus padres. Pero a la vez deseaba que cada noche llegase a casa para tener sus largas charlas y esos momentos agradables que le producían tantos «instantes de felicidad».

Con todo lo que pasó Carlos con sus padres y sus abuelos, en lugar de perder el rumbo, maduró mucho más, aprendió cómo hablar con las personas y cómo tratarlas para ayudarlas a ver la realidad, es algo innato en él.

Carlos estudió Derecho y un curso superior de Integrador Social. Elena acudió a muchos psicólogos, pero la única persona que de verdad la ayudó fue su hijo.

Está muy orgullosa de él, es un hombre de bien, que fue lo que le pidió a Dios el día que nació. Otro instante de felicidad.

Elena hoy mira a su hijo llena de orgullo y alegría, viendo cómo se ha convertido en un gran hombre con grandes valores y mejor persona. Ya tiene treinta años, y puede ver que sus deseos para él se han hecho realidad.

30

El edificio donde vivían Elena y sus padres lo iban a derribar, así que buscaron dos nuevos pisos, uno para ella y su familia y otro para sus padres, pero como eso suponía mucho dinero, al final cogieron uno para todos juntos.

Los padres de Elena empezaron a empeorar mucho. Ver la decadencia de sus padres la consumía. Tenía la ayuda de sus hermanas, pero ellas iban de visita, y si tenían que quedarse por algún motivo, lo hacían, pero también trabajaban, así que no siempre podían ayudar tanto como les habría gustado.

Llegó un momento en el que Manuel ya no podía casi caminar, hasta que un día se cayó y se rompió varias costillas, el brazo y cinco vértebras. Ya no consiguió remontar, sufría muchos dolores y tenían que ponerle morfina. La doctora les dijo que ya no le quedaba nada. Pocos días después, Alicia tuvo el presentimiento de que ya había llegado el momento de que su padre se marchara. Fueron sus hijas y su primo Jesús a estar con él. Por suerte, se marchó sin dolor.

Fue muy doloroso para las tres hermanas, aunque a Elena le afectó más, ya que fue la que más tiempo había pasado con él en vida y tenía una relación muy importante con él. Había perdido a su padre y estaba perdiendo a su madre en vida, ya que el alzhéimer se la estaba llevando lentamente.

No poder volver a darle un beso o un abrazo a su padre hacía que le doliera el corazón, pero sabía que era lo mejor para él, pues se terminó su sufrimiento.

Ver la decadencia de su madre la torturaba diariamente y, al mismo tiempo, quería que se marchara para que no sufriera más, pues cuando le preguntaban qué le dolía, siempre contestaba que le dolía el alma.

Muchas veces preguntaba por Manuel porque no se acordaba de que había fallecido y siempre se llevaba un disgusto y volvía a sufrir su pérdida.

31

Esta es la historia de Elena contada desde su punto de vista. A veces le gustaría escuchar esta misma historia contada por Víctor, ya que cada persona ve el mundo de una manera.

Ahora agradece todos los obstáculos que han tenido que superar en su relación, puesto que todavía están juntos y la relación es muy buena. Ambos han aprendido a cuidarse y amarse con lo bueno y lo malo.

Así que desde aquí anima a todos a que aprendan de sus defectos y, sobre todo, que nunca dejen de luchar. Si de verdad amas a alguien, lucha por esa persona.

Lo que Elena quiere transmitir es que en esta vida no vivimos todo el tiempo que estamos aquí, sino los «instantes de felicidad». Estos pueden ser tres, siete o diez años; el resto es sobrevivir. Por eso hay que aprovecharlos al máximo.

A Elena le gusta mucho la letra de esta canción:

El niño quiso ser pez,
metió los pies en el río;
estaba tan frío el río
que ya no quiso ser pez.

El niño quiso ser pájaro,
se asomó al balcón del aire;
volaba tan alto
que ya no quiso ser pájaro.

El niño quiso ser perro,
se puso a ladrar a un gato;
lo trató tan mal el gato
que ya no quiso ser perro.

El niño quiso ser hombre,
empezó a ponerse años;
le estaban tan mal los años
que ya no quiso ser hombre.

Y ya no quiso crecer,
no quería crecer el niño;
se estaba tan bien de niño…
Pero tuvo que crecer.

Y una tarde,
al volver a su placeta de niño,
el hombre quiso ser niño,
pero ya no pudo ser.

Elena quiere volver a la plaza de Altozano, donde pasó muchos «instantes de felicidad» con su abuelo, pero… ya no puede ser.

Vive cada segundo como si fuera el último, exprime hasta la última gota a la vida y busca tus «instantes de felicidad».

Índice

www.ingramcontent.com/pod-product-compliance
Lightning Source LLC
LaVergne TN
LVHW101947220826
846093LV00006B/136

* 9 7 8 8 4 1 9 2 6 9 9 7 3 *